Recado de primavera

RUBEM BRAGA

Recado de primavera

São Paulo
2018

global
editora

© Roberto Seljan Braga, 2017
11ª Edição, Global Editora, São Paulo 2018

Jefferson L. Alves – diretor editorial
Gustavo Henrique Tuna – editor assistente
André Seffrin – coordenação editorial
Flávio Samuel – gerente de produção
Flavia Baggio – coordenação de revisão
Jefferson Campos – assistente de produção
Alice Camargo e Patrizia Zagni – revisão
Eduardo Okuno – projeto gráfico
Victor Burton – capa
Alceu Penna, desenho para anúncio.
Década de 1960 – imagem de capa
Peônia, litografia anônima,
século XIX – imagem de quarta capa

Obra atualizada conforme o
NOVO ACORDO ORTOGRÁFICO DA LÍNGUA PORTUGUESA.

CIP-BRASIL. CATALOGAÇÃO NA FONTE
SINDICATO NACIONAL DOS EDITORES DE LIVROS, RJ

B795r
11.ed.

Braga, Rubem, 1913-1990
Recado de primavera / Rubem Braga. – 11. ed. – São Paulo: Global, 2018.

ISBN 978-85-260-2416-8

1. Crônica brasileira. I. Título.

18-48482
CDD:869.8
CDU:821.134.3(81)-8

Meri Gleice Rodrigues de Souza – Bibliotecária CRB-7/6439

Direitos Reservados

global editora e distribuidora ltda.
Rua Pirapitingui, 111 – Liberdade
CEP 01508-020 – São Paulo – SP
Tel.: (11) 3277-7999 – Fax: (11) 3277-8141
e-mail: global@globaleditora.com.br
www.globaleditora.com.br

Colabore com a produção científica e cultural.
Proibida a reprodução total ou parcial desta obra sem a autorização do editor.

Nº de Catálogo: **4000**

Nota da Editora

Coerente com seu compromisso de disponibilizar aos leitores o melhor da produção literária em língua portuguesa, a Global Editora abriga em seu catálogo os títulos de Rubem Braga, considerado por muitos o mestre da crônica no Brasil. Dono de uma sensibilidade rara, Braga alçou a crônica a um novo patamar no campo da literatura brasileira. O escritor capixaba radicado no Rio de Janeiro teve uma trajetória de vida de várias faces: repórter, correspondente internacional de guerra, embaixador, editor – mas foi como cronista que se consagrou, concebendo uma maneira singular de transmitir fatos e percepções de mundo vividos e observados por ele em seu cotidiano.

Sob a batuta do crítico literário e ensaísta André Seffrin, a reedição da obra já aclamada de Rubem Braga pela Global Editora compreende um trabalho minucioso no que tange ao estabelecimento de texto, considerando as edições anteriores que se mostram mais fidedignas e os manuscritos e datiloscritos do autor. Simultaneamente, a editora promove a publicação de textos do cronista veiculados em jornais e revistas até então inéditos em livro.

Ciente do enorme desafio que tem diante de si, a editora manifesta sua satisfação em poder convidar os leitores a decifrar os enigmas do mundo por meio das palavras ternas, despretensiosas e, ao mesmo tempo, profundas de Rubem Braga.

Nota

Estas crônicas foram, em sua maioria, publicadas nos últimos anos na *Revista Nacional* e no suplemento dominical do *Correio do Povo* de Porto Alegre. A que deu título ao livro foi feita para a TV Globo no primeiro aniversário da morte de Vinicius de Moraes.

Quero agradecer a Otto Lara Resende a copidescada exemplar que fez nos originais, e suas excelentes sugestões. Aceitei quase todas, e acho que isto melhorou muito o livro. O que ficou de ruim não é culpa do Otto.

R. B.
Rio, julho de 1984

SUMÁRIO

Era loura, chamava-se Norka   15

Foi bom   18

Fumando espero aquela...   20

Uma água-marinha para Bárbara   29

As estrelas que nós amamos   33

Clamo e reclamo e fico   37

O mistério do telegrama   41

Lucíola era assim   45

O holandês que cortava pepinos   49

O colégio de tia Gracinha   53

O macuco tem ovos azuis   55

O espanhol que morreu   59

Lembrança de Tenerá   62

O chamado Brasil brasileiro   66

Passarinho não se empresta   71

Era um sonho feliz   75

A mulher que ia navegar   79

A rainha Nefertite   82

Procura-se fugitivo em Ipanema   86

Falamos de carambolas   88

Antigamente se escrevia assim   93

Um combate infeliz   98

Recado de primavera   104

Aconteceu na ilha de Cat   106

A inesquecível Beatriz   109

Onde nomeio um prefeito   111

Olhe ali uma toutinegra!   117

Diário de um subversivo – ano 1936   122

Recordações pernambucanas   125

Na Revolução de 1932   130

Navegação nas Galápagos   138

Gaita de foles e "Maringá"   146

É um grande companheiro   149

O doutor Progresso acendeu o cigarro na Lua   152

Em Portugal se diz assim   157

Com a Marinha de Guerra em Ouro Preto   164

A grande mulher internacional   170

Recado de primavera

ERA LOURA, CHAMAVA-SE NORKA

Chamava-se Norka e, não contente com isso, chamava-se Ruskaia. Eu devia ter dezesseis ou dezessete anos – idade em que um rapaz de Cachoeiro de Itapemirim chegado há pouco ao Rio acha infernal uma senhora com um nome assim.

Só a vi uma vez. Foi no Teatro Fênix. Ela dançava um tanto desnuda, com uns véus a flutuar, e ao mesmo tempo tocava violino. E era loura; era, com certeza, até russa, talvez até russa soviética – mas se não fosse soviética seria, pelo menos, princesa.

Homens de mais idade devem ter conhecido, no Rio, essa Norka Ruskaia.

Algum talvez a tenha amado. Eu achei vagamente exagerado uma pessoa, além de ter esse nome e ser loura, ainda por cima tocar violino dançando. E no alto, no teto do teatro, havia um globo de luz cheio de espelhos ou vidrilhos que giravam na penumbra, enchendo a sala de estrelas, em voo circular. Era muita coisa para um rapaz pobre do interior; nunca tentei ver de perto Norka Ruskaia; nunca ninguém me disse coisa alguma a seu respeito; nunca mais ouvi pronunciar seu nome. Esquecê-lo é que não me foi possível.

Pois outro dia eu estava lendo uma revista chilena, e mergulho em um artigo sobre Mariátegui, escritor e líder comunista peruano que morreu aos 35 anos de idade, em 1930; e a certa altura da vida de Mariátegui esbarrei com Norka

Ruskaia. A referência não é muito longa. Apenas se diz que uma vez um grupo de intelectuais peruanos fez uma reunião à meia-noite, no cemitério de Lima – e Norka Ruskaia dançou ao luar, saltando sobre o mármore dos túmulos. Mariátegui estava presente, e a coisa deu em escândalo, campanha de imprensa conservadora falando em profanação dos mortos, protestos tremendos, prisões e perseguições.

Bem que eu imaginava coisas sobre aquela mulher. Chamava-se Norka! E ainda por cima Ruskaia! E eu estava na idade em que a gente ainda não sabe que a mulher terrível da vida de cada um, no fim, se chama mesmo é Maria, ou Ana, ou Joana.

Ou até mesmo Sueli.

Maio, 1960

O SABER – Quem disse foi uma empregada baiana que eu tive, chamada Isabel. O chuveiro de água quente estava enguiçado; veio o bombeiro, retirou uma peça do aquecedor, soprou lá dentro, e em dois minutos o chuveiro estava bom. Comentário de Isabel:

— Tudo no mundo é o saber. A gente podia passar a vida inteira olhando a cara dessas torneiras!

Foi bom

Recebi sua carta com esse gosto de missiva, de coisa antiga e meiga, que para mim é seu gosto. Você rirá, tão bem instalada no mundo moderno você é, sabendo as coisas todas, já tendo lidado com gente de todos os vícios, conhecendo muitas receitas e todos os truques. Você sabe muito! Você é de uma geração de mulheres do Brasil que eu chamo de geração forte. Nem me digam que essas meninas que hoje começam a badalar por aí serão ainda mais fortes. Não sei. Conheço algumas, são diferentes; oscilando entre a análise de grupo e o sexo grupal, começam a viver mais cedo, em todo caso me dão a inquieta impressão de que provam de tudo e não sabem de nada. Ah, minha amiga, que vontade de bater um papo longo com você, aquelas conversas de Ipanema, se lembra? – quando a tarde começava a descer e o *rush* dos pássaros sobre os terraços, ao longo do mar, passando com tanta pressa do Leblon para o Posto Seis nos fazia pensar, meio tristes, que a noite não tardaria a chegar e breve seria a hora de você sair, me mandar um último sorriso antes de dobrar a esquina para pegar seu carrinho. Desculpe, agora que comecei a lembrar estou com saudade de tudo, até de seu carrinho – ah! nosso tempo era bom. Era bom.

No fundo é isto apenas que sua carta diz: era bom; foi bom. O que eu acho antigo e meigo é você ter me escrito apenas para dizer isto, e dizer com simplicidade de alma, sem remorso nem aflição: foi bom. Foi bom talvez porque, para começo de conversa, não aborreceu ninguém. Não quisemos que ninguém nunca soubesse nada – para, nem por acaso, ferir ninguém. É na verdade muito bom, saber que em um mundo de tanta tristeza nosso pequeno mundo conseguiu existir sem fazer triste ninguém, como se o pequeno apartamento boiasse em uma nuvem dourada, longe de tudo e de todos... pois sim, você dirá rindo, e aquele susto quando eu perdi a chave do carro! E aquele nosso conhecido que estava no bar da esquina – e aquela amiga com quem eu esbarrei na calçada – e aquele seu amigo que bateu na porta um minuto depois de eu chegar? É verdade, houve algum susto e perigo – mas quanto cigarro fumado com sossego, também! Quanta conversa comprida, largada, íntima, sem astúcia nem farol, nenhum de nós dois fingindo de inteligente nem de bacana – acho que tudo foi tão bom porque eu não queria mais nada de você e você não esperava mais nada de mim, nosso amor era uma estima – bem aconchegada, é claro, mas uma grande estima de corpo e alma, acho que pouco ou nada falamos de amor, e o fizemos bastante, não é? E nos amamos com uma certa honestidade, não foi? Ah, eu sou homem decente, eu sou de uma boa família de Cachoeiro de Itapemirim, e você para mim é a imagem mesma da mulher decente – vamos falar bem de nós dois? Merecemos. Nesse caso, pelo menos, um em relação ao outro, merecemos. Fomos bons. Foi bom. Muito obrigado pela cartinha. Adeus.

Maio, 1962

Fumando espero aquela...

> *Fumar é um prazer*
> *sensual*
> *sem igual...*
> *Fumando espero*
> *aquela que mais quero...*

Estou me lembrando agora desta letra (acho que é um tango traduzido) que sempre me pareceu um tanto exagerada. Faz parte de uma literatura tabagista que esteve em moda, e que Augusto dos Anjos marcou de maneira inesquecível:

> *Toma um fósforo.*
> *Acenda teu cigarro!*
> *O beijo, amigo,*
> *é a véspera do escarro.*

Também há o poeminha desimportante, mas gostoso do meu amigo argentino, o titeriteiro Villafañe:

> *Mate y cigarrillo*
> *cigarrillo y mate*
> *y hablar de mujeres*
> *se nos van las tardes.*

Que me dá um nostálgico sentimento de vadiação.

Lembrarei ainda aquele samba em que o sujeito, para esquecer a desgraça, tira mais *uma fumaça do cigarro que filei de um ex-amigo que outrora sustentei.* Acho que é Noel. Dou-vos de graça, ó frenéticos pesquisadores universitários, a ideia de um estudo sobre cigarro e literatura. O poeta e humorista Bastos Tigre (cujo centenário se celebra este mês) ganhou muito dinheiro fazendo quadrinhas de propaganda "do bom cigarro York, marca Veado" – isso no tempo em que veado era um honesto animal comum. E Olavo Bilac chegou a pegar nada menos de cem mil-réis por uma quadrinha assim:

Aviso a quem é fumante:
Tanto o Príncipe de Gales
como o Doutor Campos Sales
usam fósforos Brilhante.

Rapazinho, eu lia a *Revista Sousa Cruz* que, do começo ao fim, só publicava poemas. Quem tiver uma coleção dessa revista, que durou anos, verá que muitos dos melhores poetas brasileiros começaram publicando versos ali – dos melhores e dos piores também. Era, de qualquer maneira, uma publicação que dava uma certa aura de benemerência cultural aos cigarros da Companhia, que passou das mãos do comendador português que lhe deu o nome para as da British American Tobacco. O diretor era, se não me engano, o bom Herbert Moses. Não sei se a ideia poética de propaganda institucional foi ainda lusitana ou já multinacional. Sei que era muito inteligente, porque atuava sobre milhares de adolescentes poetas – e naquele tempo todos os adolescentes éramos poetas.

Depois os nomes dos cigarros foram mudando e, em geral, se inglesando ou americanizando, quando antigamente havia, por exemplo, Pour la Noblesse e Sans Atout. Alguns fabricantes de cigarros distribuíam cheques, e dou testemunho de que meu pai, depois de ganhar duas vezes aparelhos de chá de porcelana chinesa, ganhou nada menos que um Pateck Phillip, um cebolão de ouro, que usava, com uma bela corrente, no bolso do colete. Eram tempos honrados.

Lembro-me agora de um triste poema de Manuel Bandeira, escrito no bairro da Mosela, em Petrópolis, em 1921. É o "Noturno da Mosela", que diz assim:

> Fumo até quase não sentir mais que a brasa e a
> [cinza em minha boca.
> O fumo faz mal aos meus pulmões comidos
> [pelas algas.
> O fumo é amargo e abjeto.
> Fumo abençoado, que és amargo e abjeto!

A mesma servidão ao vício está naquele samba:

> Atirei meu cigarro no chão e pisei
> Sem mais nenhum, aquele mesmo apanhei e
> [fumei.
> Através da fumaça neguei minha raça – chorei...

Samba que, por sinal, eu achava que era de Lupicínio. O Otto Lara Resende também achava que era de Lupicínio – e não é de Lupicínio. É de Noel. Para me convencer disto foi preciso o Sérgio Cabral tocar perto do telefone o disco de Marília Batista, e só então admiti: "é, mas merecia ser de Lupicínio".

Nos dois casos fumar aparece como algo fatal – fumar é humilhante e ao mesmo tempo é viril.

Lamartine Babo descreve alegremente (gravação de Carmen Miranda) as atividades de um "moleque indigesto":

> *Esse moleque*
> *Sabe ser bom*
> *Faz o futingue*
> *Lá no Leblon*
> *Bebe, joga,*
> *Fuma Yolanda*
> *Toca trombone na banda.*

Os simbolistas usavam piteira. (Não tenho provas, mas acho que os simbolistas usavam piteira.) E fumavam Abdullah.

Quem fazia mais charme ao fumar a partir dos anos 30 era Osvaldo Aranha, que falava com o cigarro pendurado a um canto da boca. Como era homem bonito, importante e tremendamente simpático, aquilo era uma propaganda viva de cigarro. Já o astucioso doutor Getúlio Vargas, ao ser perguntado sobre alguma coisa, costumava tirar uma baforada de seu charuto e sorrir em silêncio. Achavam isso formidável.

A propaganda do tabaco é múltipla e aliciante. Na televisão ele é um festival de saúde e beleza juvenil, com esportes finos do ar e do mar. (Agora me lembro de um esporte terrestre, o hipismo.) Uma das marcas de cigarro promete levar seus fumantes "à vitória".

Não me lembro quando comecei a fumar. Em todo caso a minha mesada de estudante era tão pequena que, se eu fumava ali pelos dezessete, dezoito anos, era muito pouco. Aos dezenove anos comecei a trabalhar em jornal (o *Diário da Tarde*, de Belo Horizonte) e comecei a fumar regularmente. Fumar, beber e jogar campista ou pavuna com um azar monótono e lamentável: duas vezes pedi dinheiro em casa para registrar meu diploma de bacharel em Direito e ir para Cachoeiro advogar, e duas vezes perdi o dinheiro em uma casa de jogo clandestina da rua Caquende, ou Kakende, em Sabará. Vergonha. Mandei dizer que tinha arranjado um emprego muito bom e fui ficando em jornal, fui ficando, e eis-me ainda aqui, senhores, precisamente cinquenta anos depois. "De jornalista é que me não demitem" – conforme disse Rui Barbosa na abertura de um artigo que, segundo parece, ele nunca escreveu, pois um dia citei esta frase e fui tão contraditado que hoje estou convencido de que eu mesmo a fiz, sonhando. Não será uma grande frase; mas que parece Rui, parece. Ela começava um artigo feroz escrito por Rui quando ele foi dispensado de não sei qual função pública. Começava assim e lept, lept! tome paulada no governo. Grande Rui! Mesmo inventado ele é bom.

Continuei a fumar por muitos anos, pois tudo me induzia a isso. Lembro-me de que no cinema, por exemplo, todo mocinho fumava, só que não riscava o fósforo na caixa, mas na sola do sapato; e dar fogo à mocinha era um ritual de aproximação amorosa.

Tive binga (para fazer obreirismo rural), tive isqueiro Dunhill (mais de um, sempre roubado ou perdido) e confesso que, por volta de 1950, indo entrevistar Sartre, e vendo que ele usava, em sua mesa de trabalho, aquela grande caixa de fósforos que na França a gente usa em geral na cozinha, achei aquilo bacana e passei a usar também – um desvio existencialista. Mas aqui dou uma marcha a ré de treze anos para uma última contribuição à tese sobre tabagismo e literatura que eu não vou escrever, mas alguém pode tentar.

Em 1937, quando estava escrevendo *Vidas secas*, em uma pensão da rua Correia Dutra, no Catete, Graciliano Ramos fumava Selma, um cigarro com ponta de cortiça. Com um palito de fósforo ele premia o fumo, de maneira que a ponta de cortiça ficasse vazia, como se fosse uma boquilha. (Não gostava do contato do tabaco com os lábios.) Arrumava em sua frente seis desses cigarros. Ao lado punha a caixa de fósforos, de onde tirava seis palitos, também alinhados ali sobre a mesa. (Antes, em jejum, ele tinha tomado uma cachaça de uma garrafa guardada no fundo de seu armário de roupa.) Então molhava a caneta no tinteiro e, com uma letra exemplar (e um estilo também), começava: "A cachorra Baleia estava para morrer. Tinha emagrecido..."

Haviam-lhe raspado a cabeça no presídio da Ilha Grande, e seus cabelos ainda estavam curtos.

*

Um dia descobriram que eu tinha "um ponto no pulmão". Fui operado pelo famoso cortador de tórax, doutor

Jesse Teixeira. Um médico amigo meu, o doutor Marcelo Garcia, assistiu à operação – e deixou de fumar.

— Quando o Jesse abriu seu pulmão, levei um choque.

Lembrei-me do tempo da faculdade: eu guardara aquela imagem do pulmão, um órgão rosado... O seu era todo escuro, e com uns picumãs dependurados...

Eu fumava, a essa altura, em média, dois maços e meio por dia. Daí o enfisema, e aquele "ponto" que depois me disseram que era "benigno" – não que fosse benévolo ou bondoso, como o nome parece indicar, mas apenas que não era "maligno" ou, em linguagem corrente, câncer. (O único remédio certo contra o câncer é não pronunciar esta palavra, ou bater na madeira quando ela aparecer; remédio que pode não valer nada, mas é bem mais barato e tão bom quanto qualquer outro. Batam, pois, na madeira, e prossigamos.)

Aquela foi a segunda grande cirurgia que eu sofri. A primeira foi uma hérnia rara, no meu flanco esquerdo; lembro-me que o médico francês, que a diagnosticou, disse um nome elegante: era hérnia "do triângulo de Luís Filipe", uns músculos que funcionam no local. Que estranho esforço eu fizera para romper aquilo? Contei-lhe que acordara à noite com um acesso de tosse, e sentira aquela dor violenta. Apesar disto não liguei a hérnia à tosse, como não ligava a tosse ao cigarro.

Eu tinha uma das mais feias tosses do mundo, que praticamente me impedia de ir a teatros e concertos, e me causava os piores vexames; eu mesmo dizia que era bronquite, embora mais de um médico dissesse que era por causa do cigarro. Só me convenci disto quando deixei de fumar, e a tosse passou imediatamente; hoje só volta, e atenuada, quando vou a alguma boate noturna em que há muitos fumantes.

Entre as duas operações continuei a fumar, e então tive outra hérnia, esta no esôfago ou lugar parecido. Não dói, e geralmente não se opera, mas é muito feia, a gente fica de estômago saliente. Lembro-me que me queixei dela ao saudoso Pascoal Carlos Magno, e ele me botou a mão no ombro:

— Não ligue para isso não, meu filho. Eu também tenho. É a hérnia papal.

E me disse que dava muito em papas – afinal de contas, um consolo.

Não tenho a menor dúvida de que essa minha segunda hérnia também foi motivada pela tosse e, logo, pelo cigarro.

Que é um vício cheio de mumunhas e mutretas. A gente pensa, por exemplo, que não liga para a fumaça – até a primeira vez que fuma no escuro e sente falta de ver a fumaça. Também só na primeira vez que fuma de luvas você repara a falta que lhe faz o contato do cigarro com os dois dedos da mão. Você, de luvas, parece que tem outra pessoa lhe botando o cigarro na boca, o que é muito esquisito, parece um vício feio.

Quando a gente para de fumar é que começa a sentir como o fumo embota o paladar e o olfato. A gente volta a sentir sabores e cheiros que tinha esquecido. Mas não é só isto que o fumo embota. Quem fumou muito, e durante muito tempo, e parou, é que pode falar. Tudo melhora, desde a disposição geral até a memória, a capacidade de trabalho, a respiração e... o vigor sexual.

Nem todo fumante tem aquela tosse horrorosa que eu tinha: meu caso é, como se costuma dizer hoje em dia, atípico. Muitas vezes eu tossia dormindo e acordava outras pessoas. Outras vezes a tosse me acordava – e então antes de dormir, eu fumava outro cigarro. Com o tempo cheguei a despertar duas, três vezes durante a noite, para fumar. O pior é que o cigarro não me dava nenhum prazer, era uma coisa compulsiva.

Às vezes acontecia que meus cigarros acabavam e, como havia fumado o dia inteiro, e era tarde da noite, eu resolvia ir dormir assim mesmo, sem fumar. Dali a pouco, acordava: estava sonhando que havia um maço de cigarros na gaveta da mesinha de cabeceira... Era preciso muito caráter para não me vestir e sair de madrugada a procurar algum boteco aberto para comprar cigarro – coisa que, aliás, fiz mais de uma vez. Não quero falar do vexame de juntar baganas dos cinzeiros sujos, e até do chão.

Mas chega, não falarei mais nisto. Fumar foi das piores bobagens que fiz na vida, mas não pretendo convencer ninguém. Já tentei fazer isto, e o sujeito ainda caçoa da gente, de cigarro no bico. Ah, quem quiser que se fume.

Abril, 1982

Uma água-marinha para Bárbara

Já trabalhei com joias. Não quero contar vantagem; minhas joias não eram das mais preciosas, nem eu extraí do olho de um ídolo hindu a esmeralda sagrada, nem mesmo fui assassinado no Araguaia por causa de um diamante azul. Minha aventura foi bem mais modesta e, para começar, só lidei com pedras semipreciosas.

Acontece que eu estava mal de dinheiro, como tem sucedido em outras fases de minha vida – e na vida de outras pessoas também. Escrever em jornal, coisa que sempre fiz mais ou menos, estava difícil, pois o Brasil vivia sob uma de suas ditaduras (a de Vargas) e eu estava colocado pelo DIP (Departamento de Imprensa e Propaganda) sob censura prévia; é uma colocação desagradável, inclusive porque dá raiva, e a gente só tem vontade de escrever coisas censuráveis. Acabei parando de escrever, ou só fazendo uns tópicos anônimos para um jornal qualquer; além disto redigia anúncios para a agência de um amigo meu – a Inter-Americana, do Armando D'Almeida, para ser exato. Redigia mal; jamais consegui ser um publicitário razoável, embora tenha perdido muitas noites tentando criar algo de fremente e original sobre as virtudes da lâmina Gillette Azul e as volúpias do sofá-cama Drago.

Foi então que me encontrei com um velho amigo mineiro, o Otávio Xavier Ferreira. Otávio tinha me iniciado no jornalismo, pois era secretário da redação do *Diário da Tarde* de Belo Horizonte, primeiro jornal diário em que trabalhei – isto foi há cinquenta anos, se vocês fazem questão de saber. Depois de me jogar cá dentro da profissão, ele, espertamente, saltou fora – e naquele tempo era dono de uma lapidação e de duas joalherias.

Encontramo-nos no Rio; subi com ele a um apartamento do hotel Itajubá, cujo bar era o "quartel-general" dos vendedores de pedras. Mostrou-me topázios, águas-marinhas, ametistas, muitas outras pedras; ensinou-me coisas, a avaliar o preço pela cor, a distinguir lapidações, os "pontos" e outros defeitos; preveniu-me contra os truques mais vulgares, feitos a fogo e fumo para alterar a cor das pedras; deu-me um livro; deixou-me várias coleções em uma caixa e em pacotes de papel branco que aprendi a fazer e desfazer; nomeou-me seu representante no Rio, arrumou a mala, pagou-me três uísques no bar do hotel e embarcou de volta para Minas.

Funcionei nessa coisa vários meses, talvez um ano – e, se não ganhei muito, graças a Deus não dei prejuízo ao Otávio. Até hoje ainda me sucede ser cumprimentado na rua por algum sujeito louro de cabelo meio crespo que só depois de ir longe eu me lembro que é algum holandês a quem outrora vendi pedras...

Mas foi muitos anos depois dessa medíocre aventura comercial clandestina (não, nunca paguei impostos) que descobri sua utilidade. Eu vinha dos Estados Unidos, trazia algum dinheiro e um pouco de saudade de uma americana de dois metros de altura que o Carlos Niemeyer me arranjara lá – doce Bárbara de olhos verdes, anjo do Greenwich Village. Fui a uma luxuosa loja da esquina de Gonçalves Dias e Ouvidor comprar uma lembrança para ela – toda gente sabe que americana adora água-marinha e não faz muita questão de qualidade. Escolhi uma pedrinha clara, mas o vendedor me propôs outra:

— Se é presente, por que não leva esta?

Sopesei a pedra um instante, disse distraído:

— Deve ter uns 22 quilates... Fortaleza? Não, quero coisa mais barata...

O homem disse que aquela não estava cara, mostrou--me o preço. Para mim, podia fazer uma redução. Eu virava a pedra; murmurei que ela tinha um ponto, mas a lapidação era realmente muito boa; tinha muita vida, até parecia Itaguaçu, mas era Fortaleza, não era?

— O senhor trabalha no ramo?

— Não, há muito tempo que não mexo com isso...

Pois levei a pedra boa pelo preço que estava marcado para a outra; uma redução espontânea de mais de 40% para o "colega". Um colega que não aprendeu a vender, mas de certo modo aprendeu a comprar. Escrevi uma carta caprichosa em inglês barbaresco, liquidando o meu romance com Bárbara, e mandei-lhe a pedra por um amigo, o Armando Nogueira, que embarcava para Nova York.

Ela me respondeu que jamais ousara acreditar na minha promessa de a mandar vir para o Brasil, nem de vivermos juntos em Nova York; que a pedra era linda, e eu era uma flor; que chorava muito, mas compreendia. Que aquele amor ficaria em sua vida como algo... bem, ainda tenho a carta guardada, mas a modéstia me impede de publicá-la. Na ocasião em que a li senti um pouco de vaidade, um certo aperto na garganta e uma confusa saudade sentimental e principalmente física de minha Bárbara, minha grande Bárbara, *my big big big Barbara.*

As estrelas que nós amamos

Houve um tempo em que todo rapaz normal era apaixonado por uma estrela de cinema e toda moça era vidrada num ator. Em geral a pessoa tinha duas ou três paixões, além de vários amores mais ou menos veementes. Um sujeito achava sublime Greta Garbo, mas estava seduzido por Marlene Dietrich, embora enganasse as duas vez ou outra com Katherine Hepburn ou Loretta Young. A namorada ou mulher dele não escondia sua paixão por Gary Cooper, mas achava irresistível a covinha do sorriso de Clark Gable, o ar maduro de Ronald Colman ou a cara feia de Humphrey Bogart.

Isto tudo é do bom tempo do estrelismo e do absoluto domínio do cinema americano. Muitas gerações de brasileiros, inclusive do mais remoto interior, aprenderam a pentear os cabelos, a fumar, beijar, sorrir, fazer caras tristes ou alegres ou apaixonadas ou desgostosas com os astros americanos. Tive uma namorada que no dia seguinte – exatamente no dia seguinte – à estreia de *Casablanca*, no Rio, me apareceu com o mesmo vestido de Ingrid Bergman – falando, sorrindo, fazendo olhares e silêncios absolutamente iguais.

— E você não ficou meio enjoado dela? – perguntará o leitor ignaro.

E eu lhe direi que não. Amei as duas e fui feliz.

Juntarei que naquele tempo era mais magro e desde o dia que alguém me achou parecido com James Stewart eu fiquei meses fazendo cara de James Stewart.

Até que amigos impiedosos me disseram que eu parecia mesmo era com o Sobral Pinto ou com o Samuel Wainer – dois tipos estimáveis, mas...

Hoje em dia a gente se interessa mais pelas estrelas da televisão. São divinas. Jamais chegarão, entretanto, a ser amadas como aquelas do cinema. É verdade que nunca houve no elenco nacional algo parecido com a Brigitte Bardot, a Marilyn Monroe ou a Sophia Loren dos dourados tempos. Mas também é verdade que o produto nacional tem melhorado muito. Vejam, aqui em Ipanema, as jovens panteras que se esticam na areia. São, francamente, mulheres melhores do que merecemos – mulheres, digamos assim, superiores às nossas forças. Não, a diferença não está nas damas, está na mídia, como dizem os bravos rapazes da publicidade.

Vou dar um exemplo: Dina Sfat. Vi-a pela primeira vez há uns doze ou treze anos atrás no filme *Macunaíma*, de Joaquim Pedro. Era uma guerrilheira de arma em punho e ao mesmo tempo Cy, a Lua. Vestia-se negramente de couro, ou algo parecido, mas estava pouco vestida em uma cena de amor inesquecível, dentro de um elevador que subia. Vidrei. Guardei no fundo do peito o nome da fantástica deusa. Ela apareceu depois em algumas novelas; foi por exemplo a Maria Zarolha de *Gabriela* e a Chica Martins de *Fogo sobre terra*. Por motivo de viagens e desencontro de horário, não acompanhei nenhuma dessas novelas; via apenas um capítulo ou outro. Mulher divina! Mas aí ela fez a Paloma de *Os gigantes*, e eu vi praticamente a novela inteira. Toda noite era aquela mulher metida dentro de minha casa a suspirar, hesitando entre o Cuoco e o Tarcísio. Muito bonita, muito interessante, mas, toda noite! Toda noite! Não, a deusa não pode ser cotidiana; deusa a gente vê no máximo duas vezes por ano. A rotina envenena tudo, e a deusa de novela tem, além de seu horário implacável, aqueles pequenos anúncios, as "chamadas". Confesso que senti um certo alívio quando a Paloma se matou em um avião. Já não aguentava mais nem o seu penteado que, por sinal, milhares de mulheres em todo o Brasil se puseram a imitar: "Faça igualzinho à Paloma, tá?"

Dina Sfat continua a ser, naturalmente, uma esplêndida figura de mulher, e creio até que a maturidade lhe deu um novo e suave encanto. Deus guarde Dina Sfat. Mas Paloma – não!

Março, 1982

BANANEIRAS – Uma estrada ladeada de árvores é muito bonita, mas há quem seja contra, dizendo que uma árvore pode livrar o motorista de cair num abismo, mas também resultar numa batida mortal.

Hector Barnabé, vulgo Carybé, bom desenhista e mau motorista, cheio de especial senso baiano, tem uma ideia a respeito, que transmito ao DNER: ladear as estradas de bananeiras.

E explica as vantagens: segura o carro, a batida é mais mole e ainda por cima dá bananas, aos cachos.

CLAMO E RECLAMO E FICO

Uma vez me perguntaram qual a qualidade fundamental, elementar, de uma mulher, e respondi: "Asseio corporal". Eu era jovem e certamente tivera alguma experiência desagradável.

Hoje sinto como a resposta era antipática, machona. Eu parecia considerar a mulher, antes de tudo, um objeto de uso. Eu seria tolerante com falhas intelectuais, falcatruas sentimentais e mesmo pequenos deslizes morais – mas intransigente em questão de limpeza física.

Eis que neste momento não estou pensando em mulher nenhuma, e sim numa cidade: esta, do Rio de Janeiro, onde assisto. Muda-se agora o prefeito, e o que dá vontade de pedir ao novo é isto apenas: limpeza. Fui outro dia à casa de um amigo, que não visitava há muito. Na sua zona respirei o ar de uma noite embalsamada; cheiro de folha e de flor, de fruta, de terra fresca, de mato e de mar, que nos tonteia docemente quando a lua vai alta. Eram odores diversos, uns mais finos, outros mais adocicados, que eu ia sentindo ao longo das ruas – esse cheiro das tranças vegetais e da respiração das ondas que ao mesmo tempo excita e dá torpor. Durou pouco esse enlevo; o táxi continuou a rodar e de repente tivemos de tapar as narinas.

Porque esta bela cidade continua maltratada e suja. A longa incúria dos homens torna envenenado e imundo em muitos trechos esse ar em que a natureza espalha seus feitiços. Montes de lixo nos terrenos baldios; a baía conspurcada por todas as porcarias e agora também as praias de mar aberto imundas.

Agora me parece pior que nunca. Temos tido administradores vaidosos que fazem isto e aquilo para erguer monumentos à própria vaidade. Precisamos de um que traga este programa simples: limpar. Esta bela mulher não precisa de joias nem de sedas; precisa, antes de tudo, de ser limpa. E, para nossa vergonha e nossa tristeza, ela é, antes de tudo, suja.

O governador Brizola acredita em eleições diretas, e quer ser, ou é mesmo, um bom moço; os camelôs são pais de família pobres, e, então, merecem nossa simpatia e nosso carinho; logo eles se multiplicam por mil. Aqui em frente à minha casa, na praça general Osório, existe há muito tempo a feira *hippie*. Artistas e artesãos expõem ali aos domingos, e vendem suas coisas. Uma feira um tanto organizada demais, sempre os mesmos artistas mostrando coisas quase sempre sem interesse. Sempre achei que deveria haver um canto em que qualquer artista pudesse vender um quadro, qualquer artista ou mesmo qualquer pessoa, sem alvarás nem licenças. Enfim, o fato é que a feira funcionava, muita gente comprava coisas – tudo bem. Pois de repente, de um lado e outro, na rua Visconde de Pirajá, apareceram barracas atravancando as calçadas, vendendo de tudo – roupas, louças, frutas, miudezas, brinquedos, objetos usados, ampolas de óleo de bronzear, passarinhos, pipocas, aspirinas, sorvetes, canivetes. E as praias foram invadidas por mil vendedores. Na rua e na areia, uma orgia de cães. Nunca vi tantos cães no Rio, e presumo que muita gente anda com eles para se defender de assaltantes. O resultado é uma sujeira múltipla, que exige cuidado do pedestre para não pisar naquelas coisas. E aquelas coisas secam, viram poeira, unem-se a cascas de frutas podres e dejetos de toda ordem, e restos de peixes da feira, e folhas, e cusparadas, e jornais velhos; uma poeira dos três reinos da natureza e de todas as servidões urbanas.

Ah, se venta um pouco o noroeste, logo ela vai se elevar, essa poeira, girando no ar, entrar em nosso pulmão numa lufada quente. Antigamente a gente fugia para a praia, para o mar. Agora há gente demais, a praia está excessivamente cheia. Está bem, está bem, o mar, o mar é do povo, como a praça é do condor – mas podia haver menos cães e bolas e pranchas e barcos e camelôs e ratos de praia e assaltantes que trabalham até dentro d'água, com um canivete na barriga alheia, e sujeitos que carregam caixas de isopor e anunciam sorvetes e quando o inocente cidadão pede picolé de manga, eis que ele abre a caixa e de lá puxa a arma. Cada dia inventam um golpe novo: a juventude é muito criativa, e os assaltantes são quase sempre muito jovens.

Mas não haveria algum jeito ao menos de haver menos ratos, menos baratas, e herpes, e sarnas e dermatites e hepatites e eczemas, todas essas belas coisas que se propagam entre gatinhas seminuas e moleques esmolambados, e mendigos e bêbados, e marginais maconhados a deambular? Que fazer? Fugir de Ipanema, do Rio, do Brasil, do século XX? Do ruído das motocas e dos disparos dos policiais? Dos valões de esgoto e dos imbatíveis montes de lixo a escorrer dos morros?

Confesso-vos que por mim eu clamo e reclamo e choro, e não saio daqui. Planto-me nesta cidade, sobre o mar; vejo nesta noite azul de primavera que o Cruzeiro do Sul está nascendo; e as luzinhas trêmulas das traineiras contam que ainda há peixes no mar; e na floresta das montanhas ainda há gambás e micos, aves e serpentes. Limpe esta cidade, senhor prefeito, porque, em verdade, no mundo, nunca cidade nenhuma foi tão bela assim.

Dezembro, 1983

O MISTÉRIO DO TELEGRAMA

Há tanta história horrivelmente triste sobre interrogatórios e prisões, que acho que vale a pena contar uma, verdadeira e engraçada, acontecida há algum tempo. Altero apenas os nomes dos personagens, mas garanto a autenticidade do caso, que está registrado em cartório.

Uma senhora (por sinal bem bonita) passou um telegrama a um cavalheiro, com quem andava de amores. O telegrama era um tanto estranho; foi retido, e a sua remetente, detida, passou toda uma noite na polícia. Eis o relato de seu interrogatório:

"Aos dez dias do mês de outubro de mil novecentos e... às vinte e três horas e trinta minutos, na Delegacia de Ordem Política e Social, compareceu Maria da Silva, brasileira, desquitada, com 33 anos, residente na rua tal, número tal, apartamento tal, em Copacabana, a fim de esclarecer um telegrama que fora passado e interceptado na Agência Telegráfica do Galeão. Tendo a declarante sido inquirida, DISSE: A propósito de um telegrama que fora interceptado na Agência Telegráfica do Galeão, expedido pela declarante no dia 9 do corrente mês, aproximadamente às 13 horas, em que figurava como destinatário o senhor doutor João Silveira, residente na rua tal, número tal, em Belo Horizonte, vazado nos seguintes termos: 'Pombal – Igreja – Arco-Íris – Borboleta – Camelo – Pressão baixa – Rosas vermelhas – Pianista – Vitória – Bahia

– Recife – Aeroporto – Eu te amo – Saudades – Maria', esclareceu a declarante: POMBAL – se refere a um pombal existente no parque de Florianópolis, que, visto ao entardecer, causou a ambos grande impressão; IGREJA – templo católico no Recife onde ambos fizeram um pedido; ARCO-ÍRIS – sensação visual experimentada pela declarante, quando viajava de avião, a baixa altura, em companhia do doutor João Silveira, ao verem eles, por cinco vezes consecutivas, a aparição de um arco-íris, no trajeto entre Rio e Ilhéus; BORBOLETA – sendo a declarante supersticiosa e acreditando que borboleta amarela traz sorte, e tendo visto uma no início e outra no fim da viagem, ficou impressionada; CAMELO – que a declarante, ao visitar o parque de Florianópolis em companhia do doutor João Silveira, teve a oportunidade de se dirigir a um camelo nos seguintes termos: 'Senhor camelo, o senhor não preferia estar agora no deserto, a estar aqui neste parque com todo o conforto?' Que o camelo, com um gesto afirmativo de cabeça, confirmou. Que a declarante fez questão de esclarecer que, tendo sido assistente de zoologia no jardim zoológico do Rio de Janeiro de mil novecentos e sessenta a mil novecentos e sessenta e dois, devotava grande afeição aos animais, especialmente ao camelo, pela sua solidão; PRESSÃO BAIXA – que o doutor João Silveira, ao se despedir, frequentemente, da declarante, demonstrava a sua tristeza ao se separar com a sua forte queda de pressão; ROSAS VERMELHAS – que a declarante sempre se acha cercada de rosas vermelhas e, quando obsequiada pelo doutor João com essas flores, dá a isso enorme valor; PIANISTA – esclareceu que se refere a um pianista que toca maravilhosamente, apesar de cego, num restaurante em Recife, de nome Restaurante Leite, e que nessa viagem teve a oportunidade de distinguir o casal, com a música de sua predileção: 'O amor é a coisa mais esplêndida do mundo'; VITÓRIA – BAHIA – RECIFE – localidades onde o casal esteve e sobretudo onde teve a ocasião de experimentar essas sensações; AEROPORTO – local das despedidas do casal, onde sempre um levava saudades do que ficava; EU TE AMO – que a declarante acha desnecessário, digo, que a frase em si dispensa maiores esclarecimentos; e finalmente: SAUDADES – que a declarante afirma que só quem a sente é quem sabe, e que só usou essa frase como despedida; que, perguntado à declarante sobre a razão da expedição do referido telegrama, esclareceu que o mesmo tinha o objetivo de reviver momentos felizes que viveram em comum, dando a ele uma surpresa agradável no meio de sua vida atribulada de homem de negócios; que a declarante faz questão de esclarecer que não havia nenhuma intenção subversiva e que essa declaração e esses incidentes referidos poderão ser confirmados pelo doutor João; que a declarante, no ato de suas declarações, se compromete a comparecer a esta delegacia a qualquer momento, a respeito do referido assunto. E mais não disse nem lhe foi perguntado. E como nada mais houvesse a lavrar, mandou a autoridade encerrar o presente, o qual, depois de lido e achado conforme, assina com a declarante. Eu, Fulano de Tal, escrivão, o datilografei e assino."

Dezembro, 1969

POBLEMAS – *Um amigo daquele escritor baiano me disse que sempre que a gente lhe pede alguma coisa, ele responde:*

— *Não tem* poblema...

Eu devo alguns favores a esse escritor, mas, com franqueza, nunca reparei nessa elisão do r *que torna a palavra tão mais suave. Um sujeito que morou muito tempo na Bahia comentou a respeito:*

— *Mas isso não é só ele, não. É a pronúncia baiana.*

Os baianos têm razão: quando um problema deixa de ser problema para ser poblema, *ele fica mais fácil de falar e de resolver.*

Lucíola era assim

E de repente nós nos lembramos das damas antigas, dos velhos romances: como guardavam coisas nos seios! Dali tiravam o punhal, a flor, o veneno, maços de cartas fatais, lenços, bicicletas. Ah, é talvez por isto que as mulheres de hoje perderam tanto de seu mistério! Levam apenas o revólver na bolsa, e nada mais.

E também como suspiravam as damas antigas! Suspiravam diligentemente até os últimos filmes italianos de antes da Primeira Grande Guerra. Depois, apenas me lembro de Greta Garbo, em um de seus primeiros filmes, dar um suspiro e dizer *Music...* Mas ainda essa não tinha mais aquele belo movimento de busto que acompanhava o suspiro. Para dizer a verdade, não tinha busto.

E nem ao menos desmaiam mais, essas senhoras de hoje. Quando o fazem, é apenas por mau estado de saúde. Antigamente, o desmaio era um gesto, uma atitude, um recurso normal de mímica; quase que fazia parte da conversação.

Não que fossem falsos desmaios. Não; eram sinceros e naturais. As moças aprendiam a desmaiar como a tocar piano, a bordar, a falar francês. Era uma prenda doméstica.

Ainda haverá moças prendadas?

Há muitas beldades hoje brilhando nas colunas sociais ou posando nuas ou semi, nas revistas do gênero. Deus as guarde. Mas mulher mesmo é Lucíola. Aquela, sim! É completa: mulher, anjo e demônio, pois assim é que interessa.

Se quiserem o nome todo direi que não sei; apenas posso informar que ela não tem telefone. Seu último endereço era em Santa Teresa. Notícias suas os interessados podem obter lendo o romance de José de Alencar.

A primeira vez que a vemos é passando em um carro puxado por dois cavalos: "Uma encantadora menina... brincava com um leque de penas escarlates... nessa atitude cheia de abandono... perfil suave e delicado".

Depois a encontramos com um vestido cinzento com orlas de veludo castanho... "linda moça... talhe esbelto e de suprema elegância" que contemplava as nuvens com "doce melancolia e não sei que laivos de tão ingênua castidade..."

Mas chega o momento em que "os lábios finos e delicados pareciam túmidos dos desejos que incubavam... havia um abismo de sensualidade nas asas transparentes das narinas que tremiam... e também nos fogos surdos que incendiavam a pupila negra". Então ela "arqueava, enfunando a rija carnação de um colo soberbo, e traindo as ondulações felinas num espreguiçamento voluptuoso... às vezes um tremor espasmódico percorria-lhe todo o corpo". É então que Lucíola... "despedaçava os frágeis laços que prendiam-lhe as vestes"... e "a mais leve resistência dobrava-se sobre si mesma como uma cobra, e os dentes de pérola talhavam mais rápidos do que a tesoura o cadarço de seda... as tranças luxuriosas dos cabelos negros rolaram pelos ombros... uma nuvem de rendas e cambraias abateu-se a seus pés... e eu vi aparecer aos meus olhos pasmos, nadando em ondas de luz, no esplendor de sua completa nudez, a mais formosa bacante que esmagara outrora com o pé lascivo as uvas de Corinto".

Cortemos a cena aqui; sou um cronista-família. Mas, além de ver Lucíola mais de uma vez nesses transportes, o leitor a verá também lívida, ou a gargalhar, ou caída em profunda distração, ou titilante de ironia e sarcasmo, ou ébria de champanha e coroada de verbenas, rutilante de beleza... "sua formosura tinha nesse momento uma ardência fosforescente"... ou "imóvel e recolhida... absorta no seu êxtase religioso"... ou "com uma dignidade meiga e nobre", ou com "um sorriso pálido... nos lábios sem cor... sublime êxtase iluminou a suave transparência de seu rosto".

Não, não se fazem mais Lucíolas como antigamente.

Julho, 1952

NEGÓCIO DA ROÇA – Comprei um cavalo por setecentos cruzeiros e vendi por novecentos. Não ganhei nem perdi.

— Mas como? Se você comprou por setecentos e vendeu por novecentos, como é que você não ganhou nem perdeu?

— Não ganhei nem perdi.

— Você não disse que comprou por setecentos?

— Comprei.

— E não vendeu por novecentos?

— Vendi.

— Então você ganhou duzentos.

— Não ganhei nem perdi.

— Mas como?

— Comprei o cavalo por setecentos contos e não paguei. Vendi por novecentos e não me pagaram. Não ganhei nem perdi.

O HOLANDÊS QUE CORTAVA PEPINOS

A última coisa que se soube sobre o holandês é que ele era nascido na Albânia e tinha passaporte britânico. Era um homem muito alto, gordo, com uma grande cara vermelha e gaiata; gostava de tomar cerveja consumindo toda sorte de peixes em conserva, frios, do Báltico. E frequentava um bar que havia em Tânger chamado Consulado – um bar cujo nome permitia a cônsules e auxiliares de qualquer país telefonar para casa a qualquer hora dizendo honradamente que estavam no Consulado.

O holandês não era cônsul, era homem de negócios – não de um grande negócio, mas de muitos pequenos negócios, por exemplo: sócio de um varejo de cigarros e de dois táxis de turismo, intermediário correto na venda de alguns artigos de contrabando, representante de uma companhia de navegação cujos navios nunca vinham a Tânger, mas aceitavam transbordo de mercadorias para alguns portos do mar do Norte; organizador de banquetes e coquetéis; entendia um pouco de tudo, inclusive de moedas e selos raros; tinha uma pequena mulher de cabelos branco-azulados, sempre de calças compridas, sorridente, de olhos azuis, com uns restos de beleza; fumava cachimbo; às vezes lhe vinham ideias. Aquela ideia lhe veio na madrugada de quinta para sexta-feira, duas semanas depois da Semana Santa, quando alguém da roda se queixou de que não conseguira transporte nem alojamento para assistir à Feira de Sevilha... Mais duas ou três pessoas concordaram em que realmente o papel seria ir a Sevilha, e o holandês perguntou:

— Vocês querem ir a Sevilha?

Fez um gesto com a imensa mão mandando que esperassem, foi ao telefone, demorou dez minutos, puxou um lápis do bolso, fez uns cálculos em um guardanapo de papel e anunciou que a 45 dólares por cabeça levaria oito pessoas a Sevilha para os dois últimos dias da Feira – sábado e domingo – incluindo transporte, alojamento, *breakfast*. Depois, com a maior naturalidade, tirou do bolso uma tábua de marés, estudou-a e disse: "Saímos sexta às 10:45 da noite, podemos estar de volta segunda-feira antes das duas da tarde".

Quase ninguém ali trabalhava aos sábados; era matar apenas o primeiro expediente da segunda-feira. Na hora marcada todos embarcavam alegremente em um pequeno iate, menos a mulher do holandês. Menos, quer dizer: ela embarcava, mas não alegremente; pelo contrário, chorava sem cessar, fazia "não" com a cabeça e puxava pelo paletó o seu grande marido que se curvava para ouvir recriminações ditas em segredo e depois piscava um olho para os outros, como quem diz: coisa de mulher. E bebia mais uma cerveja.

Atravessaram o estreito de Gibraltar em direção a Tarifa, foram bordejando a costa espanhola. Ao amanhecer, o holandês apontou, à direita, Trafalgar e falou das relações do almirante Nelson com os judeus de Tânger; na barra do rio que leva a Sevilha explicou que Guadalquivir vem do árabe "Ued-El-Kabir", Rio Grande; sabia tudo, o holandês, inclusive, como se viu depois, a origem das "casetas" da feira e a história dos negros touros miúras; só não sabia que, apesar de haver bem calculado a maré, seria impossível na volta, segunda-feira pela manhã, transpor a barra do rio de retorno ao Atlântico, isto porque duas lanchas da polícia rodearam o iate e uma delas acabou-se atravessando em seu caminho, e obrigou-o a parar. Os homens que subiram a bordo declararam que o holandês estava preso e o iate provisoriamente apreendido. O embaixador brasileiro no reino de Marrocos e o seu cônsul em Tânger discutiram a situação; conseguiram liberar o iate depois de provar que ele não pertencia ao holandês, nem este era seu verdadeiro capitão, mas sim um amarfanhado marinheiro velho e louro que mostrou seus documentos. O cônsul ainda foi a terra ver se soltava o holandês, mas desanimou diante de um telegrama da Interpol. A mulherzinha desmaiou; fez-se vir um médico de terra que a reanimou e levou de volta fumo de cachimbo para o prisioneiro. "Eu bem sabia, eu bem dizia", dizia ela, "ele é louco"; e chorava mais.

Todos ficaram consternados: a) porque com a baixa maré só iriam chegar a Tânger à noite; b) porque o holandês era boa-praça, tanto que fizera questão de oferecer uma ceia aquela madrugada, que ele mesmo preparava – "eu o vi cortar pepinos (disse a mulher de um vice-cônsul), com que cuidado ele cortava os pepinos, o pobre homem!"

Bem, naturalmente não fora por ele cortar mal pepinos que a Interpol o prendera, e sim por algum outro motivo, que não se soube. Tudo o que se soube, como eu já disse, foi que ele era nascido na Albânia e tinha passaporte britânico, o bom holandês.

Maio, 1963

POESIA – Era um poeminha antigo de João Alphonsus.

O diabo é que a vida
Nem sempre, porém...
Toada da onda
Que vai e que vem
Da onda daonde?
Até nem sei bem...
Ora bolas! Da onda
Que vai e que vem.

O rapaz leu e achou engraçado: "como é que um sujeito pode fazer um poema sem dizer nada, mas nada mesmo?"

Eu fiquei calado.

Ficava difícil explicar que o poeta dissera muita coisa, que a vida é assim mesmo, que a vida tem essa toada da onda... Da onda daonde?

O COLÉGIO DE TIA GRACINHA

Tia Gracinha, cujo nome ficou no grupo escolar Graça Guardia, de Cachoeiro de Itapemirim, era irmã de minha avó paterna, mas tão mais moça, que a tratava de mãe. Eu era certamente menino, quando ela e o tio Guardia – um simpático espanhol de cavanhaque, que fora piloto em sua terra – saíram de Cachoeiro para o Rio. Assim, tenho do colégio de tia Gracinha uma recordação em que não sei o que é lembrança mesmo e lembrança de conversas que ouvi menino.

Lembro-me, sobretudo, do pomar e do jardim do colégio, e imagino ver moças de roupas antigas, cuidando das plantas. O colégio era um internato de moças. Elas não aprendiam datilografia nem taquigrafia, pois o tempo era de pouca máquina e nenhuma pressa. Moças não trabalhavam fora. As famílias de Cachoeiro e de muitas outras cidades do Espírito Santo mandavam suas adolescentes para ali; muitas eram filhas de fazendeiros. Recebiam instrução geral, uma espécie de curso primário reforçado, o mais eram prendas domésticas. Trabalhos caseiros e graças especiais: bordados, jardinagem, francês, piano...

A carreira de toda moça era casar, e no colégio de tia Gracinha elas aprendiam boas maneiras. Levavam depois, para as casas de seus pais e seus maridos, uma porção de noções úteis de higiene e de trabalhos domésticos, e muitas finuras que lhes davam certa superioridade sobre os homens de seu tempo. Pequenas etiquetas que elas iam impondo suavemente, e transmitiam às filhas. Muitas centenas de lares ganharam, graças ao colégio de tia Gracinha, a melhoria burguesa desses costumes mais finos. Eu avalio a educação de tia Gracinha pela delicadeza de duas de suas alunas – minha saudosa irmã e madrinha Carmozina, e minha prima Noemita.

Tudo isto será risível aos olhos das moças de hoje; mas a verdade é que o colégio de tia Gracinha dava às moças de então a educação de que elas precisavam para viver sua vida. Não apenas o essencial, mas muito do que, sendo supérfluo e superior ao ambiente, era, por isto mesmo, de certo modo, funcional – pois a função do colégio era uma certa elevação espiritual do meio a que servia. Tia Gracinha era bem o que se podia chamar uma educadora.

Lembro-a na casa de Vila Isabel, onde vivia com o marido, a filha, o genro, os netos, a irmã Ana, que ela chamava de mãe, e que para nós era a vovó Donana, e a sogra de idade imemorial, que, à força de ser *abuelita,* acabara sendo, para nós todos, vovó Bolita. Tinha nostalgia, talvez, de seu tempo de educadora, de seu belo colégio com pomar às margens do córrego Amarelo, afluente do Itapemirim; lembro-me de que uma vez me pediu algum livro que explicasse os novos sistemas de educação, o método de ensinar a ler sem soletrar – e me fez esta indagação a que eu jamais poderia responder: "E piano, como é que se ensina piano, hoje?"

Gostava de seu piano. O saudoso Mário Azevedo sabia tocar várias de suas composições, feitas lá em Cachoeiro; lembro-me de uma pequena valsa cheia de graça, finura e melancolia – parecida com a alma de tia Gracinha.

Abril, 1979

O MACUCO TEM OVOS AZUIS

Ah, eu sou do tempo em que todos os telefones eram pretos e todas as geladeiras eram brancas.

Os restaurantes do Rio tinham um prato chamado silveira de galinha. E, como sobremesa, *petit-suisse* com mel.

Lembro-me de que a novidade mais excitante vinda da civilização americana, pouco depois do cinema falado, era o restaurante automático. Punha-se a moeda e o prato vinha feito, expelido de uma gaveta de vidro!

Lia-se a revista *Eu Sei Tudo* que era tradução da revista *Je Sais Tout*. Tinha sempre uma seção chamada "O problema do espaço no lar", trazendo por exemplo a fotografia de uma cama-escrivaninha-cabide-estante com espaço para guardar talheres e também copos e garrafas, pois era facilmente transformável em bar e sofá. A gente achava formidável e lamentava não ter nenhum problema de espaço no lar.

Havia também uma seção chamada "A pretensa arte moderna" em que apareciam fotografias de quadros por exemplo de Picasso e Modigliani e esculturas por exemplo de Brancusi e através da qual eu aprendi a gostar da (pretensa) arte moderna.

Mas eu ainda era pequenino (um a três anos) quando, morando em Paris durante a Primeira Guerra, Medeiros e Albuquerque dedicou-se aos amores mercenários e durante "pouco mais de um ano" conheceu "quatrocentos e tantas", passando depois disso a conquistar mulheres de todo tipo graças a uma engenhosa combinação de vários elementos, tais como: a) farda de oficial da Guarda Nacional do Brasil, com cinco dourados galões; b) cartões-torpedos distribuídos principalmente no metrô; c) fichário feito pelo mordomo Antônio; d) investigações encomendadas a policiais públicos ou particulares; e) presentes; f) exame grafológico; g) hipnotismo; h) classificação das damas para 1) encontro em hotel, 2) chá na Rumpelmayer ou 3) passeio pelo Bois de Boulogne. (Ler *Quando eu era vivo*, de Medeiros e Albuquerque, editora Record, Rio, 1982.)

Confessarei publicamente que mais tarde, entre os anos 1926 e 1928, sendo meu pai assinante do *Jornal do Comércio* (cujo quilo, depois de lido, eu vendia no armazém de seu Duarte por dez tostões, ao passo que outros jornais, de menor formato, só alcançavam oitocentos réis), a leitura dominical do dito Medeiros e Albuquerque confirmou a minha vocação de adolescente para o ateísmo.

E também que nos seguintes anos de 1929 e 1930 fui habitar em Icaraí, Niterói (naquele tempo era Icarahy, Nictheroy, mas em compensação a praia era limpinha), na casa de contraparentes entre os quais uma jovem professora pública do Rio que era obrigada a assinar (desconto em folha), com grande raiva, o *Jornal do Brasil*, órgão oficial da Prefeitura do Distrito Federal, e graças a isto eu fortalecia meu espírito na leitura de Benjamim Costallat e João Ribeiro. O que não me impediu de escrever um soneto. Mau.

Assim pois, contemplando minha vida pregressa nesta bela tarde de verão quando há evanescentes nuvens róseas lá longe sobre o mar de Ipanema, e me sentindo mais ou menos conformado com minha solidão, lembro-me de que o nome latino desse nobre galináceo e caça fidalga, o macuco, é *Tinamus solitarius*, e me recordo de ter visto ovos de macuco, e retorno à primeira frase desta pequena composição jornalística chamada crônica, e digo: todos os telefones eram pretos e todas as geladeiras eram brancas, mas os ovos do macuco já eram e ainda são – azuis. Esverdeados, porém azuis.

Maio, 1982

MEIO-DIA E MEIA – *Acho muito simpática a maneira de a Rádio Jornal do Brasil anunciar a hora: "onze e meia" no lugar de "vinte e três e trinta"; "um quarto para as cinco" em vez de "dezesseis e quarenta e cinco". Mas confesso minha implicância com aquele "meio-dia e meia".*

Sei que "meio-dia e meio" está errado; "meio" se refere à hora e tem de ficar no feminino. Sim, "meio-dia e meia" está certo. Mas a língua é como a mulher de César: não lhe basta ser honesta, convém que o pareça. Aquele "meia" me dá ideia de teste de colégio para pegar *o estudante distraído. Para que fazer de nossa língua um alçapão?*

Lembrando um conselho que me deu certa vez um amigo boêmio quando lhe perguntei se certa frase estava certa ("olhe, Rubem, faça como eu, não tope parada com a gramática: dê uma voltinha e diga a mesma coisa de outro jeito"), eu preferiria dizer "doze e meia" ou "meio-dia e trinta", sem nenhuma afetação. Aliás a língua da gente não tem apenas regras: tem um espírito, um jeito, uma pequena alma que aquele "meio-dia e meia" faz sofrer. E, ainda que seja errado, gosto da moça que diz: "Estou meia triste..." Aí, sim, pelo gênio da língua, o "meia" está certo.

O ESPANHOL QUE MORREU

Ir para Copacabana já não tinha o menor sentido; seria regressar à Idade Moderna. Como dar adeus às sombras amigas, como deixar os fantasmas cordiais que se tinham abancado em volta, ou de pé, e em silêncio nos fitavam? Era melhor cambalear pela triste Lapa. Mas então aconteceu que os fantasmas ficaram lá embaixo, quando subimos a escada. E dentro de meia hora chegamos à conclusão de que o meu amigo é que era um fantasma. A mulher que dançava um samba começou a fitá-lo, depois chamou outras. Nós somos pobres, e a dose de vermute é cara. Como dar de beber a todas essas damas que rodeiam o amigo? Mas elas não querem beber vermute; bebem meu amigo com os olhos e perguntam seu nome todo. Fitam-no ainda um instante, reparam na boca, os olhos, o bigode, e se retiram com um ar de espanto; mas a primeira mulher fica, apenas com sua amiga mais íntima, que é mulata clara e tem um apelido inglês.

Em que cemitério dorme, nesta madrugada de chuva, esse há anos finado senhor de nacionalidade espanhola e província galega? Esse que vinha toda noite e era amigo de todas, e amado de Sueli? Tinha a cara triste, nos informam, igual a ele, mas igual, igual. Então meu amigo se aborrece; nem trabalha no comércio, nem é espanhol, nem sequer está morto, embora confesse que ama Sueli. Elas continuam; tinha a cara assim, triste, mas afinal era engraçado, e como era bom.

E até aquele jeito de falar olhando as pessoas às vezes acima dos olhos, na testa, nos cabelos, como se estivesse reparando uma coisa. Trabalhava numa firma importante e um dia um dos sócios esteve ali com ele, naquela mesa ao lado, e disse que quando tinha um negócio encrencado com algum sujeito duro, mandava o espanhol, e ele resolvia. Sabia lidar com pessoas; além disso bebia e nunca ninguém pôde dizer que o viu bêbado. Só ficava meio parado e olhava as pessoas mais devagar. Mais de dez mulheres acordaram cedo para ir ao seu enterro; chegaram, tinha tanta gente que todos ficaram admirados. Homens importantes do comércio, e família, e moças, e colegas de firma, automóvel e mais automóvel, meninos entregadores em suas bicicletas, muita gente chorando, e no cemitério houve dois discursos. Até perguntaram quem era que estavam enterrando. Era o espanhol.

Sueli e Betty contam casos; de repente o garçom repara em meu amigo, e pergunta se ele é irmão do espanhol. Descemos. Quatro ou cinco mulheres nos trazem até a escada, ficam olhando. Eu digo: estão se despedindo de você, isto é seu enterro. Meu amigo está tão bêbado que sai andando na chuva e falando espanhol e some, não o encontro mais. Fico olhando as árvores do Passeio Público com a extravagante ideia de que ele podia estar em cima de alguma delas. Grito seu nome. Ele não responde. A chuva cai, lamentosa. Então percebo que na verdade ele é o espanhol, e morreu.

Janeiro, 1948

A FOGUEIRINHA – Alguém me conta a história de um homem velho que ele viu sentado à porta da casa em uma hora de sol, fazendo uma fogueirinha de gravetos. Passou e deu bom-dia. O homem respondeu. Então ele perguntou de brincadeira:

— Está se aquecendo?

O homem respondeu:

— É.

— Mas por que é que você fez esse fogo? Faz sol...

O velho ergueu os olhos tristes:

— Porque é bonito – e me faz companhia.

Lembrança de Tenerá

O recorte de um jornal de Campos me traz a notícia da morte de um tipo de rua, conhecido na grande cidade fluminense como Rin-Tin-Tin. Teria mais de cem anos e alegava ter tomado parte na Guerra de Canudos.

Seu nome verdadeiro ninguém sabe; mas o jornal diz que ele é o mesmo homem conhecido em Cachoeiro de Itapemirim como Tenerá. É possível que tivesse outros nomes em outras cidades, pois um pouco por toda parte ele aparecia sem dizer de onde vinha; e depois sumia sem avisar para onde ia.

Tenerá era alto, de uma gordura desajeitada de distrofia glandular, e tinha uma cara enorme de índio tapuia, uma cara vincada e terrosa, de jenipapo maduro. Vestia-se com extravagância de apalache, andava sério e lento, apregoando o *Correio do Sul* ou algum avulso de propaganda de casa comercial. Fora disto pegava alguns cobres amestrando cães: ensinava um pobre vira-lata a sentar, deitar, carregar coisas, seguir as ordens do dono e até a dançar sobre as patas traseiras.

Durante algum tempo Tenerá morou com seus cachorros nos baixos do prédio da Farmácia Central, que era de parentes meus. Os fundos davam para o rio, e havia, entre os pilares que sustentavam o prédio, muito espaço para o homem e seus cães.

Durante algum tempo trabalhei na farmácia, para ter algum dinheirinho meu. Lavava vidros com grãos de chumbo, entregava uma ou outra encomenda mais urgente, ajudava no balcão – e se não cheguei a ser uma glória da farmacologia brasileira pelo menos aprendi a fazer limonada purgativa e água vienense. Outras receitas mais complicadas o farmacêutico aviava; eu o via com respeito misturar líquidos, e pesar pós ou colar rótulos e fazer sobre a rolha do frasco aquele pequeno capuz de papel plissado amarrado ao gargalo com um barbante. Nunca fui hábil nisso, e minha mão era estabanada mesmo para rolar pílulas e misturar pomadas com a espátula; só uma vez, com emoção, trabalhei com o almofariz.

Gostoso era ajudar a abrir os grandes caixotes de remédios vindos do Rio; sempre traziam algum material de propaganda colorido, cartazes, folhetos, almanaques, brindes. Mesmo a nova embalagem de uma droga antiga era algo que me dava prazer.

Minhas relações com Tenerá ficaram então mais estreitas; deslumbrei-o certa vez com a mágica fácil de derramar algumas gotas de glicerina sobre limalhas de permanganato: aquela combinação de duas coisas frias resultando em fogo e estalidos me deu a seus olhos um prestígio de jovem cientista. Nas horas de folga, eu e o primo Costinha nos divertíamos, às vezes, de uma janela que dava para o rio, a atirar de Flaubert nos camaleões que apareciam lá embaixo, nas pedras do rio. Isto inquietava o Tenerá, por si mesmo e pelos seus cães.

Viveu muitos anos em Cachoeiro e se atribuía de certo modo todos os melhoramentos que a cidade teve depois de sua chegada: "Quando eu cheguei aqui não havia isso nem aquilo..."

É verdade que muitos políticos fazem coisa idêntica em relação aos progressos deste pobre Brasil, que vai para a frente, mesmo porque é este o seu jeito e rumo.

Só vi Tenerá fazer pouco de Cachoeiro uma vez. Foi quando por algum motivo o prenderam e o puseram a capinar o pátio em frente à cadeia velha. Trabalhando ao sol, ele dizia bem alto, para que o delegado e todos ouvissem:

— Eu já estive preso em cadeia muito melhor do que esta. Muito melhor do que esta porcaria!

Setembro, 1969

O JIVARO – Um senhor Matter, que fez uma viagem de exploração à América do Sul, conta a um jornal sua conversa com um índio jivaro, desses que sabem reduzir a cabeça de um morto até ela ficar bem pequenina. Queria assistir a uma dessas operações, e o índio lhe disse que exatamente ele tinha contas a acertar com um inimigo.

O senhor Matter:

— Não, não! Um homem, não. Faça isso com a cabeça de um macaco.

E o índio:

— Por que um macaco? Ele não me fez nenhum mal!

O chamado Brasil brasileiro

Comecemos por opiniões antigas, como esta de uma carta de Capistrano de Abreu a João d'Azevedo:

> *O jaburu... a ave que para mim simboliza a nossa terra. Tem estatura avantajada, pernas grossas, asas fornidas, e passa os dias com uma perna cruzada na outra, triste, triste...*

Paulo Prado abre seu livro *Retrato do Brasil* com esta afirmação:

> *Numa terra radiosa vive um povo triste.*

Tão triste que em 1925, em Petrópolis, Manuel Bandeira, que tinha "todos os motivos menos um de ser triste", resolveu "tomar alegria".

> *Uns tomam éter, outros cocaína.*
> *Eu já tomei tristeza, hoje tomo alegria.*
> *[...]*
> *Eis aí por que vim assistir a este baile de terça-*
> *[-feira gorda.*
> *[...]*
> *Ninguém se lembra de política...*
> *Nem dos 8 mil quilômetros de costa...*

O algodão do Seridó é o melhor do mundo?...
[Que me importa?
Não há malária nem moléstia de chagas nem
[ancilóstomos.
A sereia sibila e o ganzá do jazz-band batuca.
Eu tomo alegria!

E Sérgio Buarque de Holanda, na primeira página de suas *Raízes do Brasil:*

... Somos ainda hoje desterrados em nossa terra.

O consolo é lembrar aquela coisa de Euclides da Cunha em *Os sertões:*

O sertanejo é, antes de tudo, um forte.

Enchemos o peito de orgulho. Mas Euclides prossegue dizendo:

Não tem o raquitismo exaustivo dos mestiços neurastênicos do litoral.

Viram? Para falar bem do homem do sertão ele desmerece o homem da praia. Mas o próprio sertanejo, embora possa se transformar em "um titã acobreado e potente", não é figura muito boa:

... É desgracioso, desengonçado, torto... reflete no aspecto a fealdade típica dos fracos...

E mais adiante Euclides proclama:

> *Não temos unidade de raça. Não a teremos, talvez, nunca. Predestinamo-nos à formação de uma raça histórica em futuro remoto, se o permitir dilatado tempo de vida nacional autônoma... Estamos condenados à civilização. Ou progredimos ou desaparecemos.*

Este dilema me faz lembrar um outro que me assustava quando eu era menino. Não sei se era frase de homem célebre ou propaganda de algum formicida: "Ou o Brasil acaba com a saúva ou a saúva acaba com o Brasil".

Isto me dava aflição; eu me perguntava por que é que nós todos não íamos urgentemente matar saúvas.

Não matamos. Não morremos. Convivemos.

Oswald de Andrade exclama, no seu "Manifesto antropofágico", de 1928:

> *Tupi or not tupi that is the question.*

E é outro paulista Andrade, Mário, que faz uma comovente confissão brasileira.

> *Não vê que me lembrei que lá no norte, meu*
> *[Deus!*
> *Muito longe de mim*
> *Na escuridão ativa da noite que caiu,*

Um homem pálido, magro, de cabelo escorrendo
[nos olhos,
Depois de fazer uma pele com a borracha do dia,
Faz pouco se deitou, está dormindo.
Esse homem é brasileiro que nem eu...

Essa fundamental solidariedade me impressionou quando uma lavadeira que eu tinha aqui no Rio, Sebastiana, me disse que não tinha podido dormir aquela noite: uma chuva com vento invadira o seu barraco no morro do Cantagalo. Seu menino amanhecera doente, e ela também sentia uma dor no peito.

"Mas enfim", disse, "isso é bom para a lavoura".

A velha Sebastiana viera de Carangola e não tinha mais lavoura nenhuma; e até a casinha que ela fizera lá em Minas, "perto do comércio", fora registrada em nome do seu marido, que não era seu marido porque era casado com outra. E ela descia os caminhos perigosos, escorregadios, do morro, com a trouxa de roupa na cabeça, e me dizia: "É bom para a lavoura".

É uma maneira de dizer na roça. Pode ser maneira de pensar. O Brasil é, principalmente, uma certa maneira de sentir.

Janeiro, 1980

ENVELHECER – Vá um homem envelhecendo, e caia na tolice de pensar que envelhece por inteiro – famosa tolice. Alguém já notou: envelhecemos nisto, não naquilo; este trecho ainda é verde, aquele outro já quase apodrece, aqui há seiva estuando, além é coisa murcha.

A infância não volta, mas não vai – fica recolhida, como se diz de certas doenças. Pode dar um acesso. Outro dia sofri um ataque não de infância, mas de adolescência: precipitei-me célere, árdego, confuso. Meus olhos estavam úmidos e ardiam; mãos trêmulas; os demônios me apertavam a garganta; eu me sentia inibido, mas agia com estranha velocidade por fora. Exatamente o contrário do que convém a um senhor de minha idade e condição.

Pior é ataque de infância: o respeitável cavalheiro de repente começa a agir como um menino bobo. Será que só eu sou assim, ou os outros disfarçam melhor?

Passarinho Não Se Empresta

Não é bom que o homem esteja só; apesar disso hesitei muito em arranjar um passarinho, pelo mesmo motivo que hesito em tomar uma mulher. Pede muita assistência, requer muito cuidado, e sou um homem distraído que de vez em quando precisa viajar.

Tenho uma experiência triste no assunto. Não de mulher, mas de passarinho. Uma vez José Olympio, editor e amigo velho, me trouxe de São Paulo um bicudo, e outra pessoa me deu um galo-de-campina. Este era muito espantado e não chegamos a nos afeiçoar. Mas o bicudo ficou logo meu amigo – ou, mais precisamente, meu inimigo cordial. Podia se assustar com outras pessoas, mas logo me reconhecia quando eu me aproximava da gaiola. Sabia que estava na hora da briga. Eu o aborrecia de toda maneira, metendo os dedos na gaiola, jogando-lhe água na cabeça, assobiando alto. Ele se eriçava um pouco, fingia-se desentendido, e de repente me dava uma bicada.

Fiz verdadeiras chantagens sentimentais para conquistá-lo. Privei-o dois dias de sua comida predileta, sementes de cânhamo. Ele não reclamou, mas era visível que estava zangado. No terceiro dia ofereci-lhe as sementes – na mão. Ficou quieto, me olhando de banda. Saltou para um lado e outro mais de uma vez, mas se deteve novamente perto de minha mão, sempre olhando de lado as sementes. Mais de cinco minutos ficou nesse conflito íntimo. Afinal pegou uma semente, mas logo a deixou cair no fundo da gaiola – e bicou com toda a força o meu dedo.

Era um caráter.

Eu tinha de passar muitos meses no estrangeiro e levei dias ponderando as virtudes e defeitos de meus amigos, para ver com quem podia deixar os passarinhos. Excluí os solteiros. São sujeitos desorganizados, que podem ser arrastados por algum rabo de saia a passar um fim de semana em Petrópolis ou Cabo Frio e deixar um bichinho morrer de fome ou de sede. A respeito dos casados pensei muito em suas esposas. Nada de senhoras que varam madrugada jogando biriba ou frequentam boates. Isso é gente capaz de esquecer os próprios filhos, que dirá meu bicudinho. Sondei em vários lares a existência de gatos ou de meninos pequenos. Eliminei da lista uma das casas porque a cara da empregada não me agradou – e acabei decidindo pela casa de um amigo nordestino (o engenheiro Juca), que me pareceu o melhor lar para o cuidado e educação de meus pássaros. Viajei saudoso, mas tranquilo.

No dia seguinte à minha volta peguei meu amigo no escritório, à tarde, com a intenção de passar pela sua casa e apanhar meus passarinhos. Ele perguntou se eu queria mesmo os bichos de volta; por que não os deixava mais algum tempo em sua casa? Achei que ele estava desconversando; vai ver que algum passarinho tinha morrido. Jurou que não. De toda maneira, relutou em vir para Ipanema comigo; senti que não queria que eu fosse à sua casa. Quando insisti, ele disse com ar misterioso:

— Bem, se você puder levar...

Quando cheguei à casa é que senti o drama. A mulher de meu amigo não estava de maneira alguma disposta a me devolver os passarinhos, e teve uma discussão com ele a esse respeito. Não me meto em discussão de casais, e embora fosse a parte mais interessada, fiquei quieto. Deixei passar o tempo. Depois do jantar com um bom vinho, entrei jeitosamente na conversa com a senhora. Ela relutava, punha a culpa nas crianças que iriam ficar muito tristes, uma empregada até chorara quando soube que eu ia levar os passarinhos.

Fiz uma pergunta: ficasse com o galo-de-campina; mas meu bicudo... Percebendo nossa conversa, o marido entrou no meio, disse que não ficava bem aquilo que ela estava fazendo, que ele até sentia vergonha. Aí a discussão recomeçou, e eu me limitei a declarar que, de toda maneira, ia levar para casa o meu bicudo.

— Você tem certeza? – perguntou a senhora.

— Claro que tenho certeza. O Juca me deu a palavra!

Ela ficou um momento quieta, me olhando. Pensei que estivesse conformada. Mas depois disse calmamente, com a voz lenta e firme.

— É? O Juca lhe deu a palavra? Então está bem. Você pegue o Juca, ponha dentro de uma gaiola e pendure na sua varanda. Ele faz muito menos falta nesta casa do que o bicudo.

Passarinho não se empresta a ninguém. Nem a quem não gosta de passarinho, nem, muito menos, a quem gosta de passarinho.

Dezembro, 1967

O POMBO – Vinicius de Moraes contava ter ouvido de uma sua tia-avó, senhora idosa muito boazinha, que um dia ela estava na sala de jantar, em sua casa do interior, quando um lindo pombo pousou na janela. A senhora foi se aproximando devagar e conseguiu pegar a ave. Viu então que em uma das patas havia um anel metálico onde estavam escritas umas coisas.

— Era um pombo-correio, titia.

— Pois é. Era muito bonitinho e mansinho mesmo. Eu gosto muito de pombo.

— E o que foi que a senhora fez?

A senhora olhou Vinicius com ar de surpresa, como se a pergunta lhe parecesse pueril:

— Comi, uai.

Era um sonho feliz

Era um sonho feliz e eu tinha o sentimento de que estava sonhando ou de que parecia um sonho ou revivia um momento antigo – talvez eu tivesse dezoito anos e descesse a rua da Bahia na madrugada escura e gelada de inverno, a caminho do quartel, na minha farda de linha de tiro, na Belo Horizonte de antigamente, e senti que ela andava a meu lado, e isto era um milagre, porquanto eu só deveria conhecê-la muitos e muitos anos depois. Entretanto ela conversava comigo amorosa e natural, e eu a achava singela e muito alta, não sei por que me parecia que seus seios antes não eram assim tão pequenos, redondos e sobretudo altos sob o vestido branco. Ela dava largas passadas e me segurava um braço rindo, cantando – "marcha soldado, cabeça de papel" – seu riso era muito claro e tinha alguma coisa de riso de menina, e ela se dizia minha noiva.

A rua estava deserta, o bar Trianon estava fechado. Nossos passos cantavam, e ainda havia estrelas no céu. Eu tinha o sentimento vivo de que estava feliz, agora ela marchava assobiando – haveria também um pedaço de lua e parecia que ele se movia com nosso movimento, se balançando suavemente no céu.

Olhei-a, e vi uma claridade leitosa banhando seu ombro e sua garganta; no fundo, estrelas. Apertei o seu braço no meu, alarguei as passadas, ela acertava o passo rindo, de repente disse: "Olha!"

Senti alguma coisa diferente em sua voz, pressenti que ia acontecer uma tristeza, no mesmo instante senti pena de mim – eu estava tão feliz marchando a seu lado, eu a sentia tão minha e achava tão justo que ela tivesse me aparecido, e marcharíamos eternamente, tão jovens e amigos pelas ruas do mundo – andaríamos em Paris, em Cachoeiro, numa praça de Nairóbi, em Roma...

Olhei, era apenas a noite, as estrelas tremiam, em algum lugar um pássaro piava. Então me voltei e havia muitas pessoas, um sujeito do Banco da Lavoura, um colega do tiro de guerra, um capitão da FEB e um político do PRM e eles todos me olhavam com estranheza. As portas do Trianon estavam abertas, havia sujeitos parados me olhando, um era Edgard Andrade, outro parecia Jarbas, mas não era Jarbas do Amaral Carvalho. Perguntei: "Que horas são?"

Sampaio me disse que eu estava todo sujo de batom e minha roupa estava amassada e suja, os punhos de minha camisa estavam negros. "Por que você está assim?", me perguntavam. Eu então disse o nome de minha namorada. Alguém disse: "Ela foi-se ontem!" Outro o olhou irritado: "Ontem não, anteontem!" Ela tinha partido para o Rio, depois iria à Europa, e fui submetido ali mesmo, sob a forte luz do sol, de encontro a um muro, a um desagradável interrogatório. Havia um jovem repórter de nariz grande e óculos que tomava nota, ia sair no jornal assim: "Ficou apurado que o indivíduo Rubem Braga tinha vagado pelas ruas durante dois dias e duas noites e estava maltrapilho, em situação lamentável". Tive vontade de dizer-lhe que não era um indivíduo, eu também era jornalista, havia pessoas nos jornais que me conheciam, como Newton Prates, Otávio Xavier Ferreira, Chico Martins. Mas o diretor do ginásio, doutor Aristeu, me olhava severamente, e seus óculos faiscavam de grave reprovação. "O senhor, filho do Coronel Braga, que vergonha!" Sentia-me infame, mas sobre todas as humilhações me deu de repente a grande tristeza, o grande desespero de ela haver partido, estar tão longe sem sequer se lembrar de mim – ela estaria naquele momento, a esgalga judia, andando numa rua de Londres, quem sabe, com aqueles seios pequenos, redondos, tão altos, tão brancos, tão inesquecíveis, ah! tão eternamente inesquecíveis.

Janeiro, 1954

A PRAIA – Aníbal Machado contava que, algum tempo depois de casado, se viu desempregado e sem dinheiro no Rio. Desempregado, sem dinheiro e com várias filhas meninas. O português, dono da casa em que ele morava, tinha um ar feroz, mas era a flor dos senhorios: esperava meses e meses que "seu dotoire" pudesse dar alguma coisa por conta dos atrasados. Mas nem todo credor era assim, e alguns vinham todo dia bater à porta, enchendo de angústia o escritor.

"O que me salvou foi a praia", disse Aníbal.

Metia um calção de banho e ia para a areia. Lá respirava feliz, diante do mar. Um dia viu um credor que andava de um lado para outro, na calçada. Fez que não viu – e caiu n'água. O homem foi-se embora...

Se o Rio de Janeiro não tivesse mar, seria a capital da angústia. Vivi aqui dias tristes, sombrios, em que faltava não apenas dinheiro como liberdade. Era perigoso visitar um amigo ou receber uma visita; conversar num bar ou num café, ainda mais. Só havia um território livre, democrático, onde a gente podia se encontrar: a praia. Com o vento do mar e o sol, que brilha para todos. E as ondas recitando Baudelaire: Homme libre, toujours tu cheriras la mer...

A MULHER QUE IA NAVEGAR

O anúncio luminoso de um edifício em frente, acendendo e apagando, dava banhos intermitentes de sangue na pele de seu braço repousado, e de sua face. Ela estava sentada junto à janela e havia luar; e nos intervalos desse banho vermelho ela era toda pálida e suave.

Na roda havia um homem muito inteligente que falava muito; havia seu marido, todo bovino; um pintor louro e nervoso; uma senhora morena de riso fácil e engraçado; um físico, uma senhora recentemente desquitada, e eu. Para que recensear a roda que falava de política ou de pintura? Ela não dava atenção a ninguém. Quieta, às vezes sorrindo quando alguém lhe dirigia a palavra, ela apenas mirava o próprio braço, atenta à mudança da cor. Senti que ela fruía nisso um prazer silencioso e longo. "Muito!", disse quando alguém lhe perguntou se gostara de um certo quadro – e disse mais algumas palavras; mas mudou um pouco a posição do braço e continuou a se mirar, interessada em si mesma, com um ar sonhador.

Quando começou a discussão sobre pintura figurativa, abstrata e concreta, houve um momento em que seu marido classificou certo pintor com uma palavra forte e vulgar; ela ergueu os olhos para ele, com um ar de censura; mas nesse olhar havia menos zanga do que tédio. Então senti que ela se preparava para o enganar.

Ela se preparava devagar, mas sem dúvida e sem hesitação íntima nenhuma; devagar, como um rito. Talvez nem tivesse pensado ainda que homem escolheria, talvez mesmo isso no fundo pouco lhe importasse, ou seria, pelo menos, secundário. Não tinha pressa. O primeiro ato de sua preparação era aquele olhar para si mesma, para seu belo braço que lambia devagar com os olhos, como uma gata se lambe no corpo; era uma lenta preparação. Antes de se entregar a outro homem, ela se entregaria longamente ao espelho, olhando e meditando seu corpo de trinta anos com uma certa satisfação e uma certa melancolia, vendo as marcas do maiô e da maternidade e se sorrindo vagamente, como quem diz: eis um belo barco prestes a se fazer ao mar; é tempo.

Talvez tenha pensado isso naquele momento mesmo; olhou-me, quase surpreendendo o olhar com que eu a estudava; não sei; em todo caso, me sorriu e disse alguma coisa, mas senti que eu não era o navegador que ela buscava. Então, como se estivesse despertando, passou a olhar uma a uma as pessoas da roda; quando se sentiu olhado, o homem inteligente que falava muito continuou a falar encarando-a, a dizer coisas inteligentes sobre homem e mulher; ela ia voltar os olhos para outro lado, mas ele dizia logo outra coisa inteligente, como quem joga depressa mais quirera de milho a uma pomba. Ela sorria, mas acabou se cansando daquele fluxo de palavras, e o abandonou no meio de uma frase. Seus olhos passaram pelo marido e pelo pequeno pintor louro e então senti que pousavam no físico. Ele dizia alguma coisa à mulher recentemente desquitada, alguma coisa sobre um filme do festival. Era um homem moreno e seco, falava devagar e com critério sobre arte e sexo. Falava sem pose, sério; senti que ela o contemplava com uma vaga surpresa e com agrado. Estava gostando de ouvir o que ele dizia à outra. O homem inteligente que falava muito tentou chamar-lhe a atenção com uma coisa engraçada, e ela lhe sorriu; mas logo seus olhos se voltaram para o físico. E então ele sentiu esse olhar e o interesse com que ela o ouvia, e disse com polidez:

— A senhora viu o filme?

Ela fez que sim com a cabeça, lentamente, e demorou dois segundos para responder apenas: vi. Mas senti que seu olhar já estudava aquele homem com uma severa e fascinada atenção, como se procurasse na sua cara morena os sulcos do vento do mar e, no ombro largo, a secreta insígnia do piloto de longo, longo curso.

Aborrecido e inquieto, o marido bocejou – era um boi esquecido, mugindo, numa ilha distante e abandonada para sempre. É estranho: não dava pena.

Ela ia navegar.

A RAINHA NEFERTITE

Vi no Cairo o mais solene espetáculo do mundo. Quem, na França, já viu iluminado à noite um castelo do Loire ou o de Versalhes, num desses espetáculos *Son et Lumière* em que as luzes vão cambiando suavemente suas cores enquanto a música se alteia e uma voz se eleva para evocar, solene e poética, a passagem dos séculos sobre aqueles monumentos de pedra – viu apenas o prelúdio do que se faz no Cairo. Nunca houve uma cena de teatro mais ampla no mundo. Versalhes tem uma fachada de 550 metros; ali, entre o Nilo e o deserto, ao ocidente do Cairo, a cena é de dois quilômetros de extensão por mais de um de profundidade, e até 146 metros de altura. Abrange as três pirâmides de Gizé: Quéops, Kéfren e Mikerinos – as pirâmides menores das rainhas e ministros, os templos de pedra, e a Esfinge.

E a história que ouvimos é bem mais antiga que a dos castelos franceses: aqui a História tem 5 mil anos.

Sob o céu puro do deserto – um pouco à esquerda, Vênus e a lua minguante descem para o horizonte – uma estranha luz de alvorada banha a face da Esfinge, e ouvimos a sua voz:

"A cada nova aurora eu vejo erguer-se o Sol na outra margem do Nilo. Seu primeiro raio é para a minha face, voltada para o Oriente. Há 5 mil anos vejo erguerem-se todos os sóis de que os homens guardam memória."

Evoca depois a construção da maior das pirâmides, do Faraó Quéops, há 4 500 anos. Cem mil homens a ergueram, assentando sabiamente 3 milhões de pedras, com o peso médio de duas toneladas e meia; as mais belas dessas pedras vinham das jazidas de Assuã, descendo o Nilo em balsas imensas. Ali desfilou uma longa teoria de reis, as dinastias sucederam-se, os reis e os conquistadores curvaram-se diante daquelas gigantescas sentinelas do deserto à margem do rio sagrado. Ali esteve Heródoto. Ali surgiram um dia os cristãos e depois os muçulmanos. "Ali, perante os monumentos eternos, pasmaram Alexandre, o Grande, César e Napoleão; e tudo o que fizeram foi erguer com seus passos, por instantes, um pouco de poeira do deserto."

Mas de todos esses tronos e esses túmulos de uma gravidade impressionante, dessa geometria da Morte e do Eterno, o que mais importa é uma flor de graça e fragilidade: a rainha Nefertite. Ali foram encontradas imagens suas; a mais bela, porém, está no museu de Berlim, onde fui vê-la com emoção há três anos.

Dizem que é a mais linda mulher do mundo de todos os tempos.

Talvez por isto eu esperasse ver algo de perfeito. Vi apenas uma fina cabeça de mulher encimada por um imenso barrete real de azul e ouro. O pescoço é fino e gracioso como um colo de cisne ou a haste de uma flor. A linha firme do queixo, a delicadeza da orelha, o rasgado estranho dos olhos, a boca sensual e triste com um indefinível sorriso... Não, ela não é perfeita. Um dos olhos parece maior que o outro; o nariz reto é ligeiramente achatado na ponta. O perfil esquerdo é diferente do direito: mais expressivo, com o desenho dos músculos e dos ossos da face magra mais em relevo. Mas são essas irregularidades mínimas que dão uma impressionante graça humana a essa cabeça imperial e melancólica; o que vemos não é apenas a imagem de uma rainha de poderes divinos, é o mistério e a fragilidade de uma linda mulher que há milhares de anos fascina os que a contemplam.

Vendo e ouvindo o imenso espetáculo da história daqueles monumentos eternos, uma noite no Cairo, era na frágil Nefertite que eu pensava – mulher, flor, sonho de arte que vive para sempre.

Abril, 1979

FRASES – Quando o nosso bravo Pedro I gritou, "do Ipiranga às margens plácidas", seu famoso Independência ou Morte, *não faltou quem atribuísse o grito a outros autores. Em todo caso, os historiadores da Independência dos Estados Unidos sempre citam uma frase de Patrick Henry, na Câmara de Virgínia, em 1775 –* Give me Liberty or give me Death.

Em carta ao rei, La Bruyère, em pleno século XVII, dizia que a França era um vasto hospital; a mesma frase, com referência ao Brasil, foi muito citada como sendo de Miguel Pereira, se não me falha a memória.

Durante o Estado Novo, foi creditada a Getúlio Vargas uma belíssima frase – "Só o Amor constrói para a Eternidade", que afinal também era traduzida – parece que de Augusto Comte.

Num romance de Guimarães Rosa, o personagem narrador diz, volta e meia, que "viver é muito perigoso". Um escritor mineiro localizou a mesma frase em Goethe; era muito do Rosa, essa mistura de Goethe com sertanejo.

Procura-se fugitivo em Ipanema

Avisa-se às pessoas de bem que um mimoso bicudo desapareceu da casa de seu amo e senhor no bairro de Ipanema. O fugitivo ainda é jovem e não atingiu a idade em que se torna preto de bico branco. Come alpiste e vários outros alimentos, mas tem uma fraqueza especial por sementes de cânhamo. Quando estas sementes lhe são oferecidas pela manhã, ele vem comer na mão; mas uma vez alimentado não convém introduzir nem a mão nem um dedo sequer na gaiola, pois o intruso será recebido com uma forte bicada. Há muito, entretanto, ele não tem a sua semente predileta, pois as autoridades (in)competentes descobriram que o citado cânhamo, em latim *Cannabis sativa*, é a mesma espécie cuja resina produz efeitos estupefacientes quando as plantas são dissecadas e trituradas por pessoas viciosas para obter o produto vulgarmente chamado maconha.

Meu bicudo é, de seu natural, desconfiado e valente, já tendo derrotado em pelejas memoráveis dois canários--da-terra e um grande pássaro-preto. É também muito ciumento, pois parou de cantar desde o dia em que o referido pássaro-preto foi admitido na mesma varanda onde reside e começou a cantar alto e desafinadamente.

Apesar de seu natural aguerrido, é propenso a folguedos juvenis. Qualquer objeto estranho que se coloque na gaiola é inicialmente examinado de longe, primeiro com o olho esquerdo, depois com o direito. Depois é examinado mais de perto, e afinal recebe uma bicada. Se o objeto não reage, e é leve, é logo transformado em brinquedo; pedaços de barbante, principalmente coloridos, são de agrado especial. Dispondo de água limpa, o fugitivo se banha diariamente, e no rigor do verão mais de uma vez por dia; já atingiu o nível de educação em que não procura se banhar no bebedouro nem beber a água destinada ao banho. Depois do banho faz sua meticulosa toalete com o bico e coça várias vezes a orelha com a patinha.

Quando está dormindo e é despertado demonstra um terrível mau humor e se posta em atitude de defesa, de bico aberto, produzindo um grasnar semelhante ao de uma galinha choca. Bem tratado é, entretanto, capaz de gestos suaves e atitudes distintas. O fugitivo foi criado na roça e não conhece a topografia do Rio de Janeiro, de maneira que dificilmente voltará a sua varanda. Caso ele venha a cair em algum alçapão, a pessoa que o encontrar fará obra caridosa devolvendo-o ao seu dono, que é homem já de certa idade, com a vida esburacada de tristezas e desilusões, não possuindo gato, nem mulher, nem cachorro por falta de espaço no lar.

O dono desolado antecipadamente agradece.

Maio, 1954

Falamos de Carambolas

Falamos sobre sorvetes, eu disse que tinha tomado um ótimo, de carambola.

— Não sei que graça você acha em carambola.

Falamos sobre carambola, discutimos sobre carambola; passamos a romã e finalmente a jambo; sim, há o jambo-moreno e o jambo cor-de-rosa, este é muito sem gosto; aliás, a mais bonita de todas as mangas, a manga-rosa, não tem nem de longe o gosto de uma espada, de uma carlotinha.

Lembrei a história contada por um amigo. Mais de uma vez insistira com certa moça para que fosse ao seu apartamento. Ela não queria ir. Ele um dia telefonou: "Vem almoçar comigo, mando matar uma galinha, fazer molho pardo..." achou que a recusa da moça era menos dura. E insistiu mais:

— Vem... tem manga carlotinha...

— Manga carlotinha? Mentira!

E a moça foi. Refugaria talvez promessa de casamento, se irritaria com o presente de joia, mas como resistir a um homem que tem galinha ao molho pardo com angu e manga carlotinha, e faz um convite tão familiar?

Ela não achou muita graça na história. Aliás não simpatizava com aquele amigo meu.

Ficamos um instante em silêncio. Comecei a mexer o gelo dentro do copo com o dedo. É um hábito brasileiro, mas até que não é meu uso; inclusive, para falar a verdade, acho pouco limpo; entretanto eu mexia com o indicador o gelo que boiava no uísque, e como seria insuportável não fazer a pergunta, ergui os olhos e fiz:

— Mas, afinal, o que foi que o médico disse?

E ela encolheu os ombros. Repetiu algumas palavras do médico, principalmente uma: Sindroma... teve uma dúvida:

— É síndroma ou sindroma?

Eu disse francamente que não sabia; apenas tinha a impressão de que a palavra era feminina; mas também podia ser masculina; era paroxítona ou átona, mas também podia ser proparoxítona ou esdrúxula; e, ainda por cima, tanto se podia dizer sindroma como síndrome, e até mesmo sindromo.

Em todo caso – juntei – não era bem uma doença; era um conjunto de sintomas... eu falava assim não para mostrar sabença, mas para mostrar incerteza, e ignorância da verdade verdadeira – ou até uma certa indiferença por essas coisas de palavras.

Confessei-lhe que há muitas palavras que evito dizer porque nunca estou muito seguro da maneira de pronunciar. Por outro lado há palavras que a gente só conhece porque são usadas em palavras cruzadas. Até existe uma cidade assim, uma cidade de que ninguém se lembraria jamais se não tivesse apenas duas letras e não fosse terra de Abraão ou cidade da Caldeia: UR. Se os charadistas do mundo inteiro formassem uma pátria a capital teria de ser UR. Eu falava essas bobagens com volubilidade. Ela disse:

— Todo mundo, quando tem uma doença como essa minha, procura se enganar. Eu, não.

Chamei-a de pessimista, aliás ela sempre fora pessimista.

— Não é pessimismo não. É...

Senti que ela ia dizer o nome da doença, e que tudo estaria perdido se ela pronunciasse aquele nome; seria intolerável.

— Você sabe muito bem o que é.

Chamei o garçom, pedi mais um uísque e mais um Alexander's.

— Sabe quem eu vi hoje?

Era ela que mudava de conversa; senti um alívio. E falamos, e falamos... Eu admirava mais uma vez sua cabeça, os olhos claros, a testa, sua graça tocante. Era insuportável pensar que alguém assim pudesse estar condenada. Dentro de mim eu sabia, mas não acreditava. Tive a impressão de que sua cabeça estremecia como uma flor. Um anjo se movera junto de nós, na penumbra do bar, era o anjo da morte; e a flor estremecera.

— Acho que o balé russo precisa se renovar...

Ela achava que não era justo falar em virtuosidades acrobáticas; o que havia era uma renúncia a todo expressionismo e a toda pantomima, a beleza do balé puro... E no meio da discussão me chamou de literato; mas juntou logo um sorriso tão amigo. Eu disse o que talvez já tivesse dito uma vez:

— Foi uma pena você não ter estudado balé.

Pensava no seu corpo de pernas longas, na linha dura das ancas, nos seios pequenos, e a revia por um instante, toda casta, nua. Ela me censurou por beber tão depressa, e de repente:

— E esse seu bigode agora está horrível.

— Por que você não toma conta de mim, não dirige meus uísques e meus bigodes?

Ela riu, e deu uma risada tão alegre como antigamente.

Como as pessoas costumam dizer, uma risada de cristal. Clara, alegre, tilintante como o cristal. O cristal, que se parte tão fácil.

MINHA FRASE CÉLEBRE – Até eu já posso posar como ladrão de frase. É que certa vez escrevi: Nasci, modéstia à parte, em Cachoeiro de Itapemirim – mas escrevi parodiando declaradamente uma letra de Noel Rosa sobre Vila Isabel. A letra de Noel foi esquecida por muita gente, e várias vezes, através dos anos, encabulei ao ganhar elogios pela "minha" frase. O remédio é a gente silenciar, "pondo a modéstia de parte", como dizia o bom Noel. Afinal ele escreveu tanta coisa bonita que com certeza não se importaria muito com este pequeno furto. Em todo caso, Noel, desculpe o mau jeito.

Antigamente se escrevia assim

Caio Prado, em seu prefácio à edição fac-similada da *Corografia Brasílica*, nega a Aires de Casal "qualidades de observação, análise, comparação e síntese", mas abre uma exceção para suas descrições de animais e plantas. E tem razão. Imagine se você tivesse de explicar como é caju a uma pessoa que nunca viu caju. Duvido que fizesse melhor do que isto:

> *Seu fruto singular é do tamanho e figura de pimentão roliço, de pele fina, lisa, avermelhada ou amarelada, e às vezes d'ambas estas cores, com uma substância branca, esponjosa, assaz suculenta, agridoce, sem caroço, nem pevides; e tem na extremidade um apêndice duro, com forma de rim de lebre, e casca cinzenta, cheia de óleo cáustico, e que cobre uma substância alva e oleosa: dão-lhe com propriedade o nome de castanha, porque só se come assado, e seu sabor nada difere do da castanha europeia, quando assada.*

Vejam agora sua bela perplexidade ao descrever certa espécie de beija-flor:

> *Quando virado para o observador, a garganta e o peito tomam num instante várias cores,*

segundo os movimentos do passarinho; umas vezes a da aurora, quando mais rutilante, ou de oiro derretido no cadinho, fugindo de repente umas vezes para verde, outras para azul, outras para branco, sem nunca perder um brilhante tão inimitável como inexpressável; a cabeça, que é negra, e ornada com um penachinho da mesma cor quando a ave está de costas ou de lado para a gente, parece cravejada de cintilantes rubis quando lhe apresenta a dianteira; ou toda dum escarlate brilhante, que insensivelmente passa a um amarelo refulgente.

Será mal escrito; mas é bem descrito. O homem se esbaldou para dar uma impressão da coisa, e deu. Não sei de ninguém que fizesse isso melhor hoje em dia – a não ser o saudoso Guimarães Rosa, naquele seu jeito lá dele.

Dizem que Fernando Pessoa não era muito dado a mulheres. Eu não sei. Em todo caso, leiam a primeira quadra de um de seus poemas:

Dá a surpresa de ser
É alta, de um louro escuro.
Faz bem só pensar em ver
Seu corpo meio maduro.

E agora leiam a última:

Apetece como um barco.

Tem qualquer coisa de gomo.

Meu Deus, quando é que eu embarco?

Ó fome, quando é que eu como?

Ele queria comer a moça, o Fernando.

De *O soldado prático* de Diogo do Couto (1542-1616), sobre as varas dos juízes da Índia:

> *Algumas vi eu já lá tão delgadas, que com um rubi ou diamante se dobravam logo; porque já com alcatifas, colchas, peças de sedas, e louça da China, e outras desta sorte, isto fá-las inclinar até o chão; e o bem que têm, que nunca quebram, por muito peso que lhes ponhais, porque haverá destas que pode com um cavalo selado e enfreado, sem fazer mais que torcer. Quebram elas algumas vezes, mas os focinhos aos pobres, quebram-lhe a honra e a fazenda.*

Do mesmo livro, sobre a corrupção dos tribunais da Índia, onde as testemunhas eram compradas:

> *E bem se lembra Vossa Mercê daquele dito do grande Afonso de Albuquerque, que, queixando-se já disso, dizia a alguns: – Sabeis quão má gente é a da Índia, que me puseram que eu era puto, e mo provaram? – sendo ele*

um fidalgo tão honrado, tão cristão e tão hones-
to, que afirmam que nunca criado seu lhe viu
o pé descalço.

Julho, 1981

O SUECO – Os problemas do Brasil, as mesquinharias de nossa vida pública, a miséria fundamental de nosso povo, todas essas coisas de repente cansam e desanimam uma pessoa sensível. Evandro Pequeno encontrou uma solução: "Eu sou um sueco em trânsito".

Não saber de nada, não entender uma palavra do que estão dizendo e escrevendo por aí, não ter nada a ver com nada, não se sentir responsável por nada (muito menos pela famosa dívida externa), não ter vergonha de nada: ser um sueco em trânsito.

E, se possível, como Evandro fazia, tocar fagote.

Um combate infeliz

Pediram-me para dar um depoimento pessoal sobre o Marechal Mascarenhas de Moraes, o comandante da FEB, no centenário de seu nascimento. Ponderei que minhas relações com ele foram estritamente formais; era trinta anos mais velho do que eu, e já o conheci general. Homem reservado e sisudo, de pouco falar. Sobre seus ombros caiu uma tarefa delicada e dificílima, que aceitou sem hesitar, e cumpriu bem.

Recordarei um dia em que estivemos lado a lado durante algumas horas, e foi o de 29 de novembro de 1944. Na véspera o comando da FEB convocara os correspondentes de guerra para uma reunião no QG Avançado, em Porreta Terme. Era a primeira vez que fazia isso, e havia um certo ar de solenidade. Foi-nos dito então que a FEB ia desfechar um ataque no dia seguinte. O chefe da Terceira Secção (Operações), coronel Castelo Branco (o que um dia seria presidente), mostrou-nos, no mapa, o plano de ataque. O comando perguntava quantos correspondentes queriam assistir ao combate e quantos preferiam ficar no QG, onde tinham meios de transmitir prontamente as notícias que lá chegassem. Eu era o único sem franquia telegráfica.

Segui para a linha de frente aquela noite mesmo. Foi uma viagem penosa, feita naturalmente na escuridão, a subir sem cessar uma estrada cheia de lama. Os homens que deviam atacar no dia seguinte iam a pé, silenciosos e lentos, atolando as botas na lama e escorregando de vez em quando. Era tão penoso que muitos gastaram sete horas para fazer 17 km, e chegaram exaustos às bases de onde deveriam partir para o ataque logo pela manhã.

Lembro-me de ter dormido, eu próprio cansadíssimo e faminto, no chão, numa sala onde a noite inteira chegavam e saíam homens de botas enlameadas. Conversando com eles pela manhã, eu soube que era a primeira vez que iam entrar em combate. Confesso que tive um aperto no coração e um mau pressentimento.

Poucos dias antes – a 25 de novembro – eu andara por ali com alguns colegas. Fomos levar um correspondente inglês, Buckley, a conhecer a frente. Estivemos no P.O. do Batalhão Silvino, do Sexto R.I., em Bombiana. A chegada e a saída foram debaixo de fogo, e o capitão Félix nos explicou que os soldados brasileiros lutavam como parte de uma *task force* americana que tentara inutilmente tomar Monte Castelo.

Agora o objetivo era o mesmo. O fato de haverem convocado na véspera os correspondentes indicava que os homens do Estado-Maior brasileiro esperavam vencer, e seria uma vitória de comando brasileiro. Iam ser empregados dois batalhões, o de Uzeda, do Primeiro R.I., e o Cândido, do Décimo Primeiro, ambos debutantes e (diziam-me francamente, ali mesmo, os seus homens) mal treinados e muito cansados.

Apesar disto, comecei a ficar otimista quando o combate se iniciou, e fui para o posto de observação do general Mascarenhas. Era uma trincheira bem cavada. Note-se que não estava ali o comando, que cabia ao general Zenóbio, comandante da Infantaria. O telefone e o rádio funcionavam. "Leblon 5" – chamava-se a todo momento em código; Leblon era o bairro em que eu morava no Rio e, Deus sabe por que, essa coincidência me fez bem. O general Mascarenhas tinha à mão uma carta militar; com um binóculo ele identificava as posições: "Aquela casinha branca é Vitelino, a outra lá em cima, logo à esquerda, já no Monte Castelo, é Fornelo." O Monte Castelo! Nada que chamasse atenção, entre aquelas eminências do Belvedere, Gorgolesco, La Torracia; uma lombada que parecia suave, e por isso mesmo, porque podia servir de chave a outros avanços, o inimigo fortificara bem e defendia com unhas e dentes; para os brasileiros, em breve, uma obsessão sinistra.

A princípio tudo parecia bem, e o fato de haver um pelotão de carros de combate americanos, junto ao Batalhão Uzeda, era animador. Por algum motivo eles não avançaram mais de cem metros, e o batalhão teve muitas baixas. Um capitão foi ferido na cabeça e outro negou-se a atacar, um tenente teve crise nervosa. O batalhão do major Cândido conquistou vários pontos, mas teve de recuar para não ficar com o flanco esquerdo desguarnecido.

Creio que foi por volta das dez horas que o general me pediu um cigarro. Dei-lhe um Liberty Ovais, ele perguntou se eu não tinha outro, e acabou fumando aquele mesmo.

(A essa altura da guerra nossa tropa estava recebendo cigarro americano e começava a desprezar os que vinham do Brasil. Muita gente detestava o Liberty porque era forte; pior do que ele só o Yolanda, cujo maço tinha a figura de uma mulher loura, que os italianos chamavam de Bionda Cattiva, loura ruim.)

Por volta do meio-dia, o general já me havia filado oito cigarros, que, aliás, ele mal fumava. Estava nervoso, de cara fechada. Dois dias antes (eu soube isso depois) ele tivera uma áspera discussão com o general Crittenberg, comandante do IV Grupo, a que pertencia a nossa divisão, sobre os combates dos dias 24 e 25 da tal *task force*; agora, porém, a responsabilidade era toda nossa.

Os soldados, em sua grande maioria, portaram-se bem, e recuaram em ordem para suas posições, mas as baixas eram pesadas: 24 mortos e 153 feridos.

Descrevi a batalha em 21 páginas à máquina, batidas penosamente em cinco vias na minha portátil, noite adentro, à luz de uma vela, os dedos duros de frio; soube que meu relato foi aprovado com pequenos cortes pela censura militar, mas não chegou ao jornal: um daqueles debiloides da censura do DIP não gostou, e jogou tudo fora.

Não sei bem o tempo que passei ao lado do general, enquanto granadas rebentavam junto ao nosso P.O., que o inimigo, evidentemente, já localizara. Foram mais de três horas de tensão. Ouvi seus diálogos com outros oficiais; ele falava com firmeza, mas em linguagem estritamente funcional.

A derrota seguinte, a 12 de dezembro (quando os correspondentes foram proibidos, não sei por que, de ir à frente), abalou-o de tal modo que pensou em deixar o comando e voltar para o Brasil; foi dissuadido pelo general Cordeiro de Farias.

E foi bom que ficasse. Com o Estado-Maior dividido, os inevitáveis desentendimentos (ou difíceis entendimentos) com o Comando Aliado, a displicência com que o Rio atendia aos pedidos da FEB, os ciúmes e prevenções da retaguarda e as durezas da guerra, só um homem da responsabilidade, da energia e da paciência do general Mascarenhas – um homem com sua autoridade – poderia levar a campanha até o fim como ele o fez, com êxito.

Maio, 1983

A PRINCESA E O MICTÓRIO – À primeira vista é absurdo ligar o nome da Princesa Isabel, a Redentora, a que assinou a Lei Áurea, abolindo a escravidão no Brasil, a um vulgar mictório. Pois olhem o que diz Antenor Nascentes, em seu Dicionário Etimológico da Língua Portuguesa, *página 332 da primeira edição:* "MICTÓRIO – Do lat. mictu(m), *de* mingere, *mijar, e suf.* oriu. *Neologismo criado quando a princesa imperial regente, D. Isabel, teve de sancionar uma postura da Ilustríssima Câmara Municipal acerca de mijadouros públicos. Figueiredo tira do lat.* mictoriu, *que aliás é um adjetivo com o sentido de diurético."*
Falou.

Recado de Primavera

Meu caro Vinicius de Moraes:

Escrevo-lhe aqui de Ipanema para lhe dar uma notícia grave: A primavera chegou. Você partiu antes. É a primeira primavera, de 1913 para cá, sem a sua participação. Seu nome virou placa de rua; e nessa rua, que tem seu nome na placa, vi ontem três garotas de Ipanema que usavam minissaias. Parece que a moda voltou nesta primavera – acho que você aprovaria. O mar anda virado; houve uma lestada muito forte, depois veio um sudoeste com chuva e frio. E daqui de minha casa vejo uma vaga de espuma galgar o costão sul da ilha das Palmas. São violências primaveris.

O sinal mais humilde da chegada da primavera vi aqui junto de minha varanda. Um tico-tico com uma folhinha seca de capim no bico. Ele está fazendo ninho numa touceira de samambaia, debaixo da pitangueira. Pouco depois vi que se aproximava, muito matreiro, um pássaro-preto, desses que chamam de chopim. Não trazia nada no bico; vinha apenas fiscalizar, saber se o outro já havia arrumado o ninho para ele pôr seus ovos.

Isto é uma história tão antiga que parece que só podia acontecer lá no fundo da roça, talvez no tempo do Império. Pois está acontecendo aqui em Ipanema, em minha casa, poeta. Acontecendo como a primavera. Estive em Blumenau, onde há moitas de azaleias e manacás em flor; e em cada mocinha loira, uma esperança de Vera Fischer. Agora vou ao Maranhão, reino de Ferreira Gullar, cuja poesia você tanto amava, e que fez cinquenta anos. O tempo vai passando, poeta. Chega a primavera nesta Ipanema, toda cheia de sua música e de seus versos. Eu ainda vou ficando um pouco por aqui – a vigiar, em seu nome, as ondas, os tico-ticos e as moças em flor. Adeus.

Setembro, 1980

ACONTECEU NA ILHA DE CAT

Conversa de mulher que diz que vem, mas não vem, e talvez ainda venha, deixa um homem completamente no ora--veja, olhando a cara preta do telefone, sem cabeça para trabalhar nem coragem de sair. Liguei o rádio, coisa que raramente faço. Numa estação qualquer, um sujeito com voz de evangelista se dirigia a mim, querido irmão, e tomava intimidades, dizia que eu estava atolado em pecados, principalmente em concupiscência. Ah, quem me dera! Quem me dera concupiscenciar a esmo nesta sexta-feira chuventa e quase fria. Será que o telefone não vai tocar? Abri a carta de uma leitora. Ela me perguntava se resolver palavras cruzadas era bom para enriquecer o vocabulário. Não sei; também não sei se vale a pena enriquecer o vocabulário, talvez seja melhor a gente reduzi-lo, usar somente poucas palavras e usá-las muito pouco. Mas a carta me deu uma inspiração doentia: matar o tempo com palavras cruzadas. Fui à esquina, comprei três revistinhas especializadas. Quando eu ia chegando de volta, o telefone estava tocando. Quando consegui abrir a porta e corri para atender, ele parou de tocar; bolas! Peguei um dicionário, entreguei-me de corpo e alma às palavras cruzadas.

Enfrentei cerca de vinte problemas; isto não é vantagem, porque as tais revistinhas trazem no fim, para ajudar a gente, uma lista de palavras difíceis. Estimada leitora: decifrar palavras cruzadas ajuda muito a enriquecer o vocabulário... de decifrador de palavras cruzadas.

Explico-me: as pessoas que fazem palavras cruzadas têm um vocabulário especial, e não apenas um vocabulário como uma história, uma geografia e todo um tipo de cultura. Para elas as palavras não têm o sentido comum que nós, os leigos, entendemos, mas um sentido especial, cavado no dicionário, de preferência em um dicionário especializado em palavras cruzadas. A princípio a gente acha difícil – antigo navio de combate é *ram*; arrieira é *má*; filho de Jacó é *Gad*; rio da Sibéria é *Om*; da Polônia é *Ros*; da Holanda é *Aa*; afluente do Reno é *Aar*; décima letra do alfabeto árabe é *ra*; medida de Amsterdã para líquidos é *aam*; medida sueca é só *am*; e – coisa espantosa! – luz que emana da ponta dos dedos é *od*; dificílimo, como se vê. Mas não tanto: porque os rios são sempre aqueles mesmos, o cabo do Canadá, *Or*, a cidade da Caldeia é sempre *Ur*, a antiga cidade da ilha de Creta é sempre *Aso*, por mais cretinizante que isto possa parecer. Em matéria de tecidos, tudo o que você precisa saber é que um tecido fino como escumilha chama-se *ló*; provavelmente você sabe que pedra de moinho é *mó*, mas esta palavra só aparece nos problemas mais fáceis, nos outros o que se usa é cano de moinho, *cal*. No terreno da coreografia, não quebre a cabeça: espécie de dança é sempre *ril*; e porco é sempre *to*, uma das ilhas Lucaias é exatamente, infalivelmente, *Cat*. Imagino que haja outras Lucaias, mas só aquela é usada, assim como do calendário hebreu só usamos o derradeiro mês, *Adar*, e de todo o material de guerra antigo dos turcos só enfrentamos uma flecha denominada *oc*; o único abrigo para o gado é *ramada*; gato selvagem é *marisco*; nadar é *remar*; e folha de palma é *ola*. Enfim, adquiri preciosos conhecimentos e pensei mesmo em escrever um conto começando assim: "Na ilha de Cat, vestida de ló, ela dançava o ril, e das pontas de seus dedos emanava o od, quando chegou um ram vindo de Or com turcos atirando ocs..." Mas felizmente o telefone tocou.

A INESQUECÍVEL BEATRIZ

Relembro hoje aquela a quem chamarei Beatriz, alegria de minha vista e de minha vida, saudade alegre, prazer de sempre, clarinada matinal, doçura. Que sou eu em sua vida? Penso tranquilamente: nada, quase nada. Alguém que ela encontrou ao dobrar uma esquina e a acompanhou... Lembro-me, eu devia levá-la apenas uma quadra adiante, porque nossos rumos eram diferentes. Mas a companhia era boa – fui um pouco mais adiante, era bom andar a seu lado na penumbra, eu era o Caminhante Premiado Pela Doce Companhia, fui andando. Quando nos separamos foi sem mágoa – Seja feliz! Seja feliz! Dissemos isto com tanta vontade que acho que, afinal, temos sido felizes.

Ah!, quando penso em outras, que me dilaceraram o peito em troca de ilusões; quando penso em vós, minhas antigas amadas, agora que conheço Beatriz, tenho pena do que fui e do que sois, e pela primeira vez sinto-me infiel à vossa lembrança. Passai bem, princesas, adeus pastoras, rainhas das czardas, deusas que endeusei outrora, ainda hoje não vos quero mal, apenas sucede que sobreveio Beatriz; como alguém que viaja à noite em um trem e desperta porque o trem parou, e escuta o silêncio da noite e, no silêncio, o murmúrio de um córrego – assim é tua música, Beatriz: como a brisa que beija a cara do trabalhador cansado, suado, que se sentou um instante debaixo de uma árvore – assim é a tua mão, Beatriz; como, nas fainas de um barco negro, numa tarde de mar grosso, sobe à coberta o lúrido foguista, e olha o céu e vê o arco-íris, assim é a tua aparência, Beatriz. Entre tantas que trouxeram meu nome nos lábios (como a Liberdade de Rui Barbosa) e não me guardaram no coração; e as que me corroeram como ácidos (e eu sorria!), as que traçaram com suas unhas estas rugas de minha cara; entre as que eu pensei terríveis e eram apenas vulgares; e as que amei de verdade e desamei devagar – entre todas, acima, casta, e fácil, alegre, linda e natural, eu te saúdo, Beatriz.

Pela tua risada, pela tua beleza, pela tua bondade, pela graça de teu corpo, pela tua amizade necessária e dada – entre todas te alcandoro e te abençoo, ó branca, ó alta, ó bela, inesquecível Beatriz!

Dezembro, 1956

Onde nomeio um prefeito

Joel Silveira costuma dizer que está esperando a minha morte para então escrever "a verdadeira história da guerra dos brasileiros na Itália". Alega que se o fizer agora, eu sou capaz de desmentir tudo. É inútil eu jurar que não o desmentirei nunca; acho de estrito dever, como companheiro de guerra, confirmar todas as patacoadas e pataratas que ele urdir. Confio em que ele faça o mesmo em relação a mim. Dito o que, vou contar como há quase quarenta anos me aconteceu nomear um prefeito – ou, mais precisamente, um *sindaco*, que é a palavra italiana.

Éramos três no jipe: Raul Brandão, correspondente do *Correio da Manhã*, o motorista Machado (Atilano Vasconcelos Machado, de Bagé, será que você ainda está vivo?) e eu, correspondente do *Diário Carioca*. Tínhamos vindo do outro lado dos Apeninos, descendo para o vale do Pó ao longo do Panaro, até Vignola. Utilizando as viaturas da artilharia, a tropa brasileira avançava para Noroeste, para impedir a passagem das tropas alemãs; era abril de 1945, a guerra estava no fim. A certa altura, procurando encontrar o nosso esquadrão de Reconhecimento, seguimos um caminho diferente e fomos dar em um lugarejo chamado Montecavolo.

A aldeia parece vazia. Encontramos com dificuldade um velho, a quem pedimos informações, pois não estamos seguros se os alemães já abandonaram ou não Quattro Castella, que fica pouco além. Quando nota que somos aliados, o velho se põe a gritar, e minutos depois estamos cercados de gente – principalmente mulheres velhas e moças. São faces rosadas que avançam para nós, trêmulas de emoção, rindo entre lágrimas, vozes estranguladas de prazer. Uma jovem de tranças alouradas se aproxima de mim, abrindo caminho no pequeno grupo e, com um ar de louca, pergunta se eu sou mesmo aliado, *vero, vero?* Seus olhos estão cheios de luz e empoçados d'água. Ela ergue os dois braços, põe devagar as mãos nos meus ombros, e suas mãos tremem. Quer falar e soluça. Dois homens me puxam pelos braços, uma mulher me beija, todos se disputam a honra de nos levar para casa. Afinal, um casal de velhos ganha a partida e nos leva para uma sala, e toda a casa se enche de gente. A todo momento chegam retardatários, que ficam nas pontas dos pés para nos ver, para ver esses estranhos seres, tão longamente, tão ansiosamente esperados: os soldados aliados.

— Há tanto tempo que vos esperávamos! Há tanto tempo! *Liberatori! Brasiliani!*

Trazem queijo, abrem garrafas de vinho espumante, obrigam-nos a beber. Dezenas, centenas de olhos nos fixam, como se estivessem vendo três deuses – e não dois feios correspondentes de guerra e um pracinha chofer. Somos os primeiros aliados a chegar ali. Os alemães partiram horas antes.

— *Liberatori!...*

Explicamos que não somos libertadores de ninguém, e de modo algum. Estamos fardados de oficiais, mas somos repórteres, homens desarmados. Não somos soldados... Mas é inútil. Para aquela gente somos heróis perfeitos e acabados. E as mulheres começam a dar vivas ao Brasil, a esse país desconhecido cujo nome vem escrito em nossas mangas.

Uma italiana diz que tem irmão em São Paulo, agricultor, chama-se Guido Monteverdi, será que eu conheço? Uma pobre mulher, que tem os olhos cheios d'água, diz:

— Tenho um irmão na Austrália!

E se abraça comigo. Alguém diz que a Austrália nada tem a ver com o Brasil, que o Brasil fica na América. A mulher me pergunta se o Brasil é muito longe da Austrália. Eu estou comovido:

— *Vicino, vicino...*

Sim, tudo é perto no mundo, todos os povos são vizinhos e amigos.

Tocamos para a frente. Estamos perto de S. Ilario d'Enza. Chegamos às primeiras casas. Mando parar o carro para fazer perguntas. Um pequeno grupo de pessoas nos olha com hostilidade e o homem, que é o único a dizer alguma coisa, responde evasivamente a tudo o que pergunto. Afinal, reparam que somos aliados – e começa, ali também, a gritaria. As mulheres saem correndo para dentro das casas e voltam com vinho e ovos. Já atrás ganhamos ovos. Agora enchem o nosso carro de ovos. É o que aquela pobre gente tem para nos dar – quer dar alguma coisa. Já temos seguramente umas três dúzias de ovos dentro do jipe, e aparece uma velhinha que me traz ainda uma cesta cheia. Recuso: aqueles ovos irão quebrar-se dentro do jipe. Mas a mulher chora e banha os ovos com suas lágrimas, implorando que os aceitemos. Começamos a rir; outra mulher aparece com uma garrafa de lambrusco – e ovos. Outra ainda traz uma garrafa de conhaque – e mais ovos. Mostramos que é absurdo carregar tantos ovos, mas nenhuma delas abre mão do direito de dar o seu presente. Há duas jovens que choram perdidamente de alegria.

— Como vocês demoraram! Ah, mas vieram! Nós sabíamos, vocês viriam! Nós esperamos sempre. Muito obrigada! Muito obrigada!

Partimos carregados de centenas de ovos, mas ao chegar à praça principal vemos uma verdadeira multidão. Somos os primeiros aliados a chegar aqui, e nosso jipe é rodeado. Palmas rebentam de todos os lados, homens e mulheres nos abraçam, nos beijam, há velhos chorando. Pergunto onde se pega a Via Emília. "A Via Emília é aquela rua mesmo." Um homem aparece e explica com dificuldade, em meio ao alarido, que ele é o chefe do Comitê de Libertação Nacional. Quer saber se pode assumir o governo da cidade. Explico que é melhor esperar os americanos – há tanques americanos em Montecchio. Tanques americanos em Montecchio! A notícia desperta novos vivas aos Estados Unidos, depois à Inglaterra, ao Brasil, ao mundo inteiro. O homem insiste: enquanto não chega o comandante americano poderá ele provisoriamente governar a cidade? Há muito o que fazer imediatamente. Brandão abstém-se.

Não represento coisa alguma a não ser o *Diário Carioca*, mas acho melhor concordar:

— Bem, o senhor assume provisoriamente. Quando chegarem outras forças o senhor procure o comandante.

Machado buzina para abrir caminho na multidão. Ninguém se move. Sinto que todos esperam um gesto. Faço subir no jipe o homem, ergo-lhe o braço como se ele fosse um pugilista vitorioso e eu o juiz da partida e declaro:

— *Lei è il sindaco di S. Ilario d'Enza!*

Vivas delirantes. O homem não fora apenas nomeado, mas também eleito por aclamação.

Maio, 1984

A LÍNGUA – Conta-me *Cláudio Mello e Souza. Estando em um café de Lisboa a conversar com dois amigos brasileiros, foram eles interrompidos pelo garçom, que perguntou, intrigado:*

— Que raio de língua é essa que estão aí a falar, que eu percebo tudo?

Olhe ali uma toutinegra!

Minha terra tem palmeiras
Onde canta o sabiá
As aves que aqui gorjeiam
Não gorjeiam como lá.

Gonçalves Dias escreveu esta quadra quando estava em Portugal. E eu estava lá quando a lembrei; isto foi no tempo em que morei no Marrocos. Pensei comigo: é verdade, poeta. Gorjeiam diferente; diferente, mas parecido. Eu diria que a voz às vezes é igual; a melodia é que muda. Também as palmeiras são diferentes; são diferentes, mas são palmeiras.

Às seis da manhã, em minha casa, em Rabat; depois, num fim de sesta, ainda meio entorpecido pelo sono, no hotel Mamunia, em Marraqueche – grande hotel, com seus jardins seculares, de onde se veem as tamareiras no primeiro plano e, ao fundo, as alturas nevadas do Grande Atlas – duas vezes tive a impressão de estar ouvindo o sabiá.

Da terceira vez eu não somente ouvi: eu vi. Estava pousado no chão; era um sabiá. Tinha o mesmo tamanho e o mesmo jeito de nosso sabiá; apenas o peito era mais claro, com umas pintas escuras. No Brasil há tantos sabiás diferentes que bem podia haver mais este – "sabiá de peito pintado", vamos dizer. Mas os portugueses o chamam de tordo, e os italianos também; para os espanhóis é *zorzal*, para os ingleses é *thrush*, para os franceses é *grive*.

Estas coisas eu aprendi depois de comprar um livro; comprei esse livro porque eu andava intrigado e infeliz, sem saber os nomes dos passarinhos do meu quintal. É certo que não achei o que procurava, algo sobre os pássaros do Marrocos. O livro que comprei foi *A First Guide to Birds of Britain and Europe*, livro feito por ingleses e americanos e prefaciado por Julian Huxley; não comprei o original, mas a tradução espanhola, tradução (adaptada) bem espanhola, tanto que o livro passou a se chamar *Guía de campo de las aves de España y demás paises de Europa*.

O estreito de Gibraltar é tão estreito que imaginei que muito passarinho que vive de um lado também pode viver de outro; e tinha razão. Olhando as figurinhas do livro fiquei sabendo o nome de todos os passarinhos do meu quintal. O bom livrinho traz o nome científico e depois o nome comum em várias línguas, inclusive o português; não o nosso, é claro, mas o de Portugal, onde sabiá é tordo – do mesmo gênero, da mesma família, apenas de espécies diversas.

Vai ver que o poeta Gonçalves Dias estava distraído, ouviu cantar um tordo, lembrou-se do sabiá, teve saudade do sabiá, e fez aquele verso.

Vejo aqui várias figuras de tordos, uns do sul, outros do norte da Europa, outros que vivem também na Ásia (como o *tardus neumanii* que se parece demais com o nosso sabiá-laranjeira) e posso informar aos nossos tradutores de poemas e de romances líricos que tordo, *zorzal*, *grive* ou *thrush*, tudo isto pode ser honestamente traduzido por sabiá.

Em Rabat eu vivia em uma casinha moderna, feita por um razoável arquiteto suíço sem muita imaginação, mas com senso de conforto, o que teve o mérito de poupar uma árvore que havia no terreno, e dava graça a tudo. Não sei o nome da árvore: era uma acácia ou uma mimosa? Sei nome de poucas árvores. Mas o que me incomodava era não saber os nomes dos passarinhos. Passarinho é uma coisa viva, colorida e móvel, ruidosa e com temperamento, feito mulher. Você de repente vê uma mulher bonita; leva aquele choque; mulher bonita incomoda, faz a conversa da roda ficar sem sentido, as pessoas dizendo uma coisa e pensando outra; mulher bonita é sempre uma perturbação. Mas se você sabe o seu nome pelo menos fica mais aplacado, menos desprevenido diante do mistério da beleza; ela deixa de ser uma aparição, entra na vida civil, é afinal uma pessoa como as outras, capaz de ter um irmão bêbado e um mau funcionamento dos rins; enfim, deixa de ser deusa, é uma cidadã – pelo menos até certo ponto.

Passarinho também me dá vontade de perguntar – "quem é você, como se chama?" – pois, uma vez sabendo o nome, a gente fica mais à vontade perante o passarinho, tem uma ilusão de ter de certo modo quebrado essa distância infeliz que há entre o ser humano e o passarinho.

O pior é que, vendo e ouvindo esses passarinhos estrangeiros, eu não podia deixar de sentir que o estrangeiro era eu – o bárbaro, o intruso, o que não sabe o nome das pessoas da terra. Vinguei-me escrevendo a uma querida amiga: "Aqui há muitos passarinhos e toda manhã cantam, mas é uma pena, cantam em puro árabe..." Com o *Guía de Campo de las Aves* em punho, descobri que aquela cambaxirrinha que saltitava na moita podia ser chamada de carriça, embora tenha o nome feroz de *Troglodytes troglodytes*; o pássaro preto de bico amarelo era o melro legítimo, aquele do Guerra Junqueiro, o *Turdus merula*, ruidoso e jovial, irmão preto do sabiá, primo do nosso vira e da nossa graúna; uns outros cor de canário-da-terra, porém mais cheios de corpo, são verdilhões; aqueles dois pardos, um de cabecinha preta, outro de cabecinha cor de ferrugem, que ora fazem "tec-tec" ora gorjeiam bonito, ah, esses eu já conhecia de nome, de velhos romances, e tive o maior prazer em lhes ser apresentado: são um casal de toutinegras. É um casal sério, pois, ao contrário de tantas outras aves, o macho é que é mais sóbrio, tem a cabecinha escura, enquanto a fêmea chama a atenção com seu boné vermelho. Infelizmente até hoje um desses ainda não apareceu quando tenho visita de brasileiro em casa. Estou esperando, só para ter o gosto de dizer, com um ar muito natural, como se desde menino eu não conhecesse outro bicho: "Olhe ali uma toutinegra..."

Nesse dia, sim, eu me sentirei dono da minha casa e do meu quintal, merecedor de ouvir pela manhã, sem remorso, a cantoria de *minha* passarada.

O GENRO TÍMIDO – A noiva lhe explicou, com muito jeito, que ele tinha certas maneiras de falar que sua mãe (dela) estranhava um pouco. Que ele compreendesse e não ficasse zangado: muito religiosa, muito retraída, a "velha" estranhava certas expressões que não têm nada de mais, mas que ela não estava acostumada a ouvir.

O rapaz encabulou: teria, sem querer, dito algum palavrão? A moça disse que nem pensasse nisso, eram apenas maneiras de dizer as coisas. Por exemplo, ele dissera, a certa altura do jantar: "Não sou muito amante do abacate não". Ela, a moça, achava isso natural, mas a mãe, coitada, ficava meio chocada com essa palavra amante. Ele poderia dizer, por exemplo, amigo.

No jantar seguinte, na casa da futura sogra, respondendo a uma pergunta desta, sobre se gostava de doce de abóbora, disse: "Não, senhora, eu não sou muito amigo de amantes, não".

Um dia a futura sogra perguntou que fita estava passando no Metro. Lembrou-se do título: Numa ilha com você. *E respondeu:*

— *Numa ilha... com a senhora.*

Diário de um subversivo – ano 1936

Em 15 de fevereiro – Minha situação aqui na pensão é insustentável. Vieram morar aqui dois estudantes integralistas. Hoje, no almoço, um deles falou comigo. Tinham-lhe dito que eu era jornalista; em que jornal eu trabalhava? Respondi que em jornal nenhum. Diante do embaraço dele, expliquei: na revista *Vida Doméstica*. Puxou conversa sobre política, mas eu disse com superioridade:

— Minha política é o Flamengo!

Ele observou gravemente que o futebol serve para distrair o povo de seus problemas. Enquanto o povo está discutindo futebol, o comunismo está tramando golpes sangrentos. Lenine disse que a religião é o ópio do povo. O futebol é, digamos, uma espécie de maconha. Explicou que citava Lenine porque se tratava de um gênio, mas gênio inclinado para o mal.

Falou muito e fiquei calado, fazendo o possível para fazer um ar de admiração atenta; mas creio que tinha apenas cara de palerma. Eu me pergunto se ele não é capaz de telefonar para a *Vida Doméstica* e perguntar o que faz lá um sujeito chamado Lauro Guedes, que é meu nome aqui na pensão.

Dia 16 – O outro integralista me perguntou se já li alguma obra de Spengler. Respondi que não. Ele fez questão de me emprestar um livro.

Dia 18 – Ontem me arrisquei, indo à cidade. Procurei o doutor Fontoura no seu consultório. Ele ficou assustadíssimo. Disse que eu fazia uma imprudência enorme indo ao centro, pois o meu nome saíra num jornal, envolvido na fundação de uma associação que a polícia descobriu ser comunista. Que a situação dele também era delicada, não convinha que eu o procurasse. Deu-me cinquenta mil-réis.

Dia 21 – O que me aconteceu foi surpreendente. Fui à cidade procurar o senador, com quem, por sinal, não consegui falar. Estive com o Clóvis, que me falou da prisão, ontem, de vários amigos, inclusive o Dunga. Quando subia no ônibus, alguém me agarrou pelo braço. Tremi de susto. Voltei-me; era um sujeito desconhecido, de chapéu. Perguntou se me lembrava dele. Embaraçado, disse-lhe que não podia perder aquele ônibus; ele disse que vinha comigo. Só podia ser tira, ainda mais de chapéu.

Não era tira, era careca. Não o reconheci logo porque havia raspado os grandes bigodes louros que sempre usou. É um securitário, Edgar, que conheci por ocasião da greve de 1934. Antes de chegar à pensão, tive um palpite; saltei do ônibus com Edgar e telefonei do café da esquina perguntando se havia algum recado para mim. Dona Dolores me disse que estavam lá dois amigos me esperando; perguntou se eu queria que ela chamasse. Como não dei meu endereço a ninguém, vi logo do que se tratava. De qualquer modo, esperei; dona Dolores voltou e disse que os dois tinham ido embora e não tinham deixado os nomes. Depois, mais baixo, disse: "Não venha aqui não". Estou escrevendo na casa do Edgar onde vou dormir esta noite.

Dia 24 – Edgar é formidável. Não me deixou sair de sua casa. Sua mulher é muito simpática; tem uma filhinha de dois anos. Preciso arranjar dinheiro e dar o fora, pois se por acaso eu for preso aqui, Edgar também irá comigo, e talvez até Alice. Alice é muito esclarecida. Edgar foi à pensão ver se trazia minhas coisas, mas dona Dolores disse que a polícia carregou tudo. Até o livro de Spengler foi em cana. Ainda bem que meus papéis mais importantes estavam na pasta.

Dia 26 – Telefonei ao Clóvis, e ele veio me ver ontem. A polícia me procurou também na redação. Ontem foi presa a Linda, mulher do Alcir; saiu nos jornais. Com um bilhete meu, o Clóvis procurou o senador, que me mandou trezentos mil-réis; ele disse ao Clóvis que devia muitos favores ao meu falecido pai, o que é verdade; de qualquer modo, foi alinhado. Eu podia fugir para Minas com esse dinheiro, mas tive de pedir ao Clóvis para me comprar roupa, escova de dentes; chinelos etc., pois estava usando as roupas do Edgar, que é um pouco mais baixo do que eu. Como não tenho o que fazer, e não me arrisco mais a sair de casa, eu mesmo quis lavar minha roupa, mas Alice não deixa de modo algum.

Clóvis foi à editora ver se arranja uma tradução qualquer para eu fazer, com uma parte do dinheiro adiantada, mas o diretor está em São Paulo.

Dia 28 – Estou com os nervos arrebentados por causa da Alice – quando Edgar vai para a Companhia de Seguros... seria o cúmulo da sem-vergonhice! Se eu tivesse qualquer coisa com essa mulher, seria o último dos cachorros.

1º de março – Sou.

Setembro, 1957

Recordações pernambucanas

Morei no Recife alguns meses, em 1935. Primeiro numa água-furtada na rua da União, com Ulisses Braga, o crítico Waldemar Cavalcanti e o sociólogo Manuel Diegues Júnior, o pai do Cacá; depois na rua dos Pires, em casa do senhor Salomão e dona Bertha, pais do saudoso médico-indígena-volante e benemérito brasileiro Noel Nutels, judeu-russo, antigo animador do *jazz-band* acadêmico de Pernambuco. Também moravam Lourenço, funcionário do Banco do Brasil, que já era o grande compositor Capiba, de frevos e maracatus; lá o senhor mancebo de espinhas na cara, que é hoje o colunista e compositor Fernando Lobo (mais conhecido como o pai do Edu); e os irmãos Suassuna, então estudantes de Medicina, que sabiam cantar umas coisas pungentíssimas e engraçadíssimas do sertão – me lembro tanto deles, João e Saulo, não conheci foi esse Ariano, irmão mais moço deles, que haveria de soprar um vento violento novo, no teatro e na literatura do Brasil.

Sábado à noite, a gente ia para a casa de Alfredo Medeiros ouvir violas e ouvir Leda Baltar cantar maracatus de Ascenso Ferreira. Lembro-me da impressão de espanto que me produziu Ascenso – o bruto volume do corpo, a extensão da cara de ladrão de cavalo e bom sujeito, cara de bêbado com pesados encargos de família, cara de revolucionário mexicano preso por engano na Guatemala, cara de pintor de gênio e de prefeito português ao mesmo tempo. Cara que eu vi vastamente desconsolada, uma vez que ele cantou uma coisa e o chofer de táxi comentou candidamente: "Isso é bonito é cantado..."

Não, Ascenso não cantava, mas dizia seus versos como ninguém, a voz parecia vir de seu grande coração de boi, generoso e lerdo. "Nunca mais", me disse ele certa vez, "nunca mais posso fazer um poema como este que recitei agora; gastei vinte anos para fazer isto". O poema era aquele do trem de ferro que vai pra Catende, danado pra chegar, passa pelo mangue, pelo partido de cana, pela morena de cabelo cacheado. Ascenso queria dizer que foram vinte anos de viagens pela Great Western, que criaram o poema. Porque o poeta explicava seus poemas, isto é, explicava o que se pode explicar em um poema. O resto, o "mistério", isso não é essencialmente seu, é do profundo mundo do Nordeste, esse Nordeste rico de povo, onde às vezes acontece...

Às vezes acontece, por exemplo, o que três rapazes me contaram: que, uma noite, no mato, ouviram de longe uma cantoria muito triste que se repetia sem parar, e então foram no rumo daquela música, na escuridão. Andaram muito, errado e certo, até que toparam um casebre no meio do mato e havia um negro velho que cantava esta coisa apenas: "Um milheiro de tijolos – custando duas pataca"; e havia umas mulheres de vozes esganiçadas, agudíssimas, como gritos de dor, que respondiam: "Ai minha Mãe de Deus – mas que coisa tão barata".

E no meio da sala, num caixão de pinho sem forro, aberto, o defunto que eles velavam.

"Eu não posso continuar a discutir com você porque você é um reles almocreve paraibano e eu sou um gentil-homem pernambucano!" Esta frase foi dita no cabaré Taco de Ouro, há 47 anos. Quem a disse foi Anibal Fernandes; e a disse para Olívio Montenegro. Antes, Olívio chamara, ironicamente, a Anibal de gentil-homem. Anibal ripostara – dedo em riste, com veemência. Nós todos tínhamos bebido alguma coisa – aquilo era, se bem me lembro, uma despedida do Ganot Chateaubriand, o bom Ganot, que pagara uma cervejada para todo o pessoal do *Diário de Pernambuco* naquele bar que havia embaixo da redação, e depois levara alguns redatores e colaboradores para tomar uísque e um champanha no cabaré. Tivemos medo de que aquelas ironias se azedassem e os dois amigos acabassem brigando; lembro-me de que Gilberto Freyre estava acalmando (talvez também atiçando...) Anibal, e eu tomando conta do Olívio. Tomando conta sem necessidade nenhuma: lento, a cabeçorra a balançar devagar, Olívio não pensava em briga: "Paraibano com muita honra, ouviu? Almocreve e com muita honra, já ouviu?"

Esse seu fim de frase "já ouviu" às vezes se reduzia a um "joviu".

Era, na verdade, um gentil-homem. Os dois eram gentis-homens autênticos, desses que o Nordeste os tem, mas pouco exporta para o Sul. Homens presos a uma região, a uma cidade; presos, quem sabe, à brisa entre coqueiros, ao gosto e ao cheiro de certas frutas, a um estilo de vida meio largado e ainda cavalheiresco, capaz de dar a esse escravo que é todo trabalhador intelectual um ar de grão-senhor entre cajueiros, como o saudoso Antiógenes Chaves, como o sempre vivo Gilberto Freyre.

Gilberto naquele tempo andava pelos 35 anos, já publicara *Casa-grande & senzala* e estava acabando de escrever *Sobrados e mucambos;* e era solteiro. E eu também era, o Cícero Dias também era. Assim que fomos os três, num trenzinho da Great Western, à estação de Prazeres para subir o morro e participar da festa de Nossa Senhora, naquela igreja que domina as colinas de Guararapes, onde brasileiros e holandeses se guerrearam. Usava-se ir às antigas trincheiras apanhar folhas para benzer, pois as plantas dali tinham sido regadas pelo sangue dos heróis. E nas trincheiras aconteciam casos de amor. A certa altura Gilberto sumiu e, depois de muito procurá-lo, Cícero Dias e eu fomos até a estação: lá estava ele preso por um sargento, pois atentara contra o pudor público fazendo amor com uma jovem mulata no capim de uma trincheira.

Custou muita conversa e algum dinheiro, mas libertamos o sociólogo. Coisa que convém referir para que não seja esquecida em sua biografia. Nestes seus maravilhosos 82 anos de idade.

Novembro, 1982

BELO-HORIZONTEM – *A empregada de um amigo meu explicou a alguém que o procurava pelo telefone:*

— *Ele não está não senhor, ele viajou ontem.*

— *Viajou ontem? Para onde?*

— *Belo-Horizontem.*

Na Revolução de 1932

Neste mês de julho estou fazendo cinquenta anos de correspondente de guerra. Eu tinha dezenove anos, em março de 1932, quando comecei a trabalhar pela primeira vez, profissionalmente, em um jornal, o *Diário da Tarde*, de Belo Horizonte, pertencente, como *O Estado de Minas*, aos Diários Associados. No ano anterior eu havia feito o tiro de guerra na Faculdade de Direito, e toda minha cultura militar era um pouco de ordem-unida e o desmonte da culatra de um fuzil 1908.

Em princípios de junho, os paulistas haviam invadido o território mineiro, ocupando várias cidades. Depois regrediram e se entrincheiraram no túnel da Mantiqueira e em algumas elevações próximas, na fronteira dos dois estados. Viajei longa e penosamente em um trem cheio de tropa e de poeira, e me lembro de que quando ele parou em Três Corações tomei um banho delicioso no rio Verde. Eu poderia ter entrevistado o mais importante cidadão local, mas não o fiz, porque Edson Arantes do Nascimento, dito Pelé, só iria nascer em 1940...

O quartel-general das forças governistas naquele setor ficava em Passa Quatro, e o acantonamento da Força Pública mineira era em Manacá, uma estaçãozinha ali perto; fiquei alojado em um carro de segunda classe, de bancos de madeira. Fazia frio, mas eu comprei um cobertor e tinha um capote. O capote não durou muito: na primeira vez que fui à frente, acompanhando uma companhia da Força Pública, tivemos de avançar a pé, em fila indiana, pela beira de um córrego, no mato, cada homem guardando uma distância de dez metros do outro; mas o inimigo nos viu e deu várias rajadas de metralhadora. Travei conhecimento, então, com o ruído que realmente dá medo na guerra, e não é estampido nenhum, mas o delicado silvo das balas passando perto: *psiu, psiu, psiu*... Foi aí que um tenente começou a fazer sinais para mim, depois veio correndo, me agarrou, tirou meu capote e o jogou dentro d'água; ele atribuía ao meu capote, que na verdade era bastante claro, o fogo do inimigo. Não reclamei, pois não me agradava servir de alvo, mas o capote fez muita falta. O cobertor que eu comprara sumiu misteriosamente no dia seguinte a uma noite em que certo oficial me convidara para ir dormir em seu carro – um vagão de carga todo acolchoado, cheio de maciezas e coisas quentes que ele comprara em Passa Quatro. Não aceitei porque achei o homem suspeito, e ele se vingou mandando dar sumiço no meu cobertor e no travesseiro que eu improvisara com um saco de estopa...

Minha segunda visita à frente não foi mais feliz. Viajei a princípio no alto de uns caixotes de munição, em um caminhão sacolejante, subindo a serra, fazendo prodígios de equilíbrio. Mais para diante não havia estrada, e seguimos a cavalo por uma picada que o Batalhão de Engenharia acabara de abrir na mata. Eu nunca tinha cavalgado em trote inglês, e o remédio foi aprender na hora, pois meu cavalo seguia o ritmo dos outros. De repente o homem que ia na minha frente deu um urro de dor e caiu do cavalo. Saltei para socorrê-lo. Estava com a cara cheia de sangue: o garrancho de uma árvore, naquela espécie de túnel vegetal, havia arrancado seu olho direito. Ajudei a carregá-lo e fiz o resto da viagem com a cabeça bem baixa, até uma tal de Fazenda São Bento, de onde seguimos a pé, já noite, para uma posição do flanco direito, o Pico do Cristal.

Joguei-me dentro de uma trincheira e dormi exausto, mas acordei de madrugada porque o frio era de dois graus abaixo de zero. Tirei o cantil de um sargento que dormia a meu lado e virei: estava cheio de cachaça. Sentia os pés entorpecidos, ou melhor, não sentia os pés, não podia andar; tomei vários tragos. Foi isto certamente que me salvou da gangrena, do que doze anos depois, na FEB, a gente chamava de "pé de trincheira". Além de descer aos pés, a cachaça me subiu à cabeça e, de manhã cedo, me arrisquei um pouco pela terra de ninguém, desejoso de ver melhor as posições dos paulistas.

— Seu cretino, você está revelando nossa posição!

Eu tinha bebido um pouco demais, e achava que estava fazendo um bonito andando para um lado e outro além das trincheiras, quando um sargento disse isto. Tratei de voltar. Levei uma bronca por estar arriscando a vida à toa – a minha e a dos outros – e alguém disse:

— Olhe, *Estado de Minas* (era o nome do meu jornal, e meu apelido ali), você está tão arriscado a levar uma bala pela frente como pelas costas.

E explicou que muita gente implicava comigo porque meu jornal era a favor dos paulistas, e até cismava que eu era espião.

Minha situação não era mesmo fácil – nem meu trabalho. O jornal não estava interessado em publicar nada que representasse vitória da ditadura, e a censura não deixava passar nada que importasse em vitória dos paulistas. Quem censurava minha correspondência ali no local era o chefe de Polícia das forças em operação, o prefeito de Pará de Minas, Benedito Valadares – de quem me tornei amigo desde então. Lembro-me de que certa vez contei uma conversa de soldados em volta de uma fogueira, à noite, na retaguarda. O tema era "Onde é que você gostaria de estar a esta hora?" Um queria estar com a família em Barbacena, outro queria estar assistindo a uma boa fita com a namorada no cinema de Lavras, mas houve um que disse: rua Guaicurus número tal, com fulana e uma cerveja Cascatinha. Era uma casa de mulheres.

O censor riscou isto dizendo que era "contra o moral da tropa". Ponderei que "o moral" era uma coisa e "a moral" era outra. Benedito concordou, sorrindo:

— Está bem, vamos deixar o rapaz com a mulata e a cervejinha dele.

Mas ou o censor do jornal ou o próprio secretário da redação (a imprensa mineira era de uma pudicícia impressionante) cortou a resposta do homem.

Eu estava reduzido a escrever coisas assim, e acho um milagre ter conseguido publicar oito reportagens. Não me lembro quantos dias eu passei na frente, mas foram uns quinze, no máximo. Aquela minha bebedeira no Pico do Cristal repercutiu em Belo Horizonte, e Luís de Bessa, o redator-chefe do jornal, mandou um telegrama assustado sugerindo a minha volta. O coronel Vargas, chefe do Estado-Maior do coronel Lery, comandante da Força Pública, me disse que muitos oficiais achavam que eu devia ser preso e mandado para Belo Horizonte. Outros oficiais me defendiam porque eram amigos do *Estado de Minas*; entre eles o coronel Fulgêncio dos Santos, comandante do Sétimo de Bom Despacho, e Otacílio Negrão de Lima, comandante do Batalhão de Engenharia (e futuro prefeito de Belo Horizonte e ministro do Trabalho). Eu sabia que estava iminente um ataque geral contra o túnel e não queria perdê-lo. Muitos daqueles 3 mil homens seriam empregados, e, como repórter de uma guerra parada, de trincheira, eu me sentia humilhado em ir embora sem ver a ofensiva. O coronel Vargas disse: "Bem..."

Foi ao percorrer posições avançadas, dando as últimas ordens para o ataque do dia seguinte que o coronel Fulgêncio recebeu no ventre uma bala de fuzil, pontiaguda, provavelmente de um *snipe* ou caçador, como a gente dizia. Trazido para o hospital, foi operado pelos doutores Lucídio de Avelar e Juscelino Kubitschek, então capitão-médico da Força Pública. E morreu. "Nenhum de nós dois era cirurgião", disse-me uns quarenta anos depois o doutor Avelar, "mas o estado dele era muito ruim mesmo".

Nesse mesmo dia (30 de julho) morreram dois tenentes. O ataque foi suspenso; soube-se depois que, no flanco direito,

Otacílio Negrão de Lima ficou com raiva, porque era muito amigo do coronel Fulgêncio, avançou e tomou uma posição dos paulistas. Como o resto da tropa não atacou, ele foi obrigado a regredir para não ser cercado, e teve algumas baixas. Um acidente com uma granada matou um capitão. Um dia horrível. No dia 31 fui preso, o coronel Vargas me explicou que aquelas mortes tinham deixado a tropa abatida e irritada, e o coronel Lery entendia que para minha segurança eu devia ser mandado de volta a Belo Horizonte, escoltado. Em Passa Quatro ainda levei um carão de um oficial do Exército, do QG do coronel Cristóvão Barcelos. Ele mandara me prender, dias antes, apesar da autorização que lhe mostrei, assinada pelo senhor Gustavo Capanema, secretário do Interior, dizendo que eu podia percorrer a zona de guerra em território mineiro. "Isto aqui não é Minas Gerais, é a Quarta Região Militar." Eu fora levado preso por um sargento, mas logo adiante encontrei um caminhão dirigido por um tenente da Força Pública, meu amigo que não levou em conta a minha alegação (e do sargento) de que eu estava preso, e me mandou subir na boleia, o que fiz. É natural que o tenente do Exército estivesse furioso ao me reencontrar; ouvi uma torrente de insultos aos jornalistas, à progenitora do doutor Assis Chateaubriand e à minha própria, e também a sua opinião de que eu devia ser fuzilado. A escolta, porém, tinha outras ordens e lá fomos. Lembro-me de que dormi uma noite na cadeia de Divinópolis onde, entretanto, me foi permitido fazer o *footing* à noitinha (era domingo) em uma ponte sobre uma cachoeira.

Também me lembro de que não consegui um só olhar de *flirt* de uma daquelas moças que passeavam lindas. Além de feio, eu estava muito mal-ajambrado. (Quem sabe eu teria mais sorte se encontrasse a aborígine Adélia Prado, grande poeta?! Mas não foi possível, porque ela também ainda não havia nascido.)

No dia seguinte seguimos para Belo Horizonte, onde fui solto.

JUVENTUDE – *A onda rebentou, e o jato de espuma subiu tão alto e tão alvo, na luz clara do sol, que parecia que o mar estava saudando o céu.*

Encontramos a moça com blusa de grumete e calças longas e apertadas e os cabelos cortados curtos como os de um rapazola. Usava uma alpargata grosseira e estava sem pintura – e nem com tudo isto chegava a ser feia.

"É a mocidade", disse meu tio, "que se compraz em desprezar os próprios encantos, ou pensa acrescê-los com recursos originais; quando ela amadurecer será mais sábia, mas não sei, realmente, se mais bela. É a mocidade, com a pele tensa e fresca e os olhos limpos, que avança descuidosa. Como aquela nuvem distraída e muito branca, levada pelo vento, que vai contente no azul, sem saber aonde vai..."

Navegação nas Galápagos

A lua cheia ia descendo na alheta de boreste... Não, assim não dá. Tenho de reprimir a minha vultosa cultura naval e explicar ao leitor ignaro que acontecia o seguinte: era noite de lua cheia; aliás, já era madrugada, coisa de quatro horas, pouco mais. Sendo assim, a lua já atravessara a maior parte do céu e agora descia lá atrás de nosso barco, um pouco à nossa direita. Se a lua estivesse baixando exatamente sobre nossa popa, isso queria dizer que estávamos navegando exatamente em direção a leste. Certo? Mas não; ela descambava para trás e para a direita, isto é, nós navegávamos para leste e também para o sul. Mais para leste que para o sul. Digamos: leste-sueste. Na rosa dos ventos graduada de zero a 360 graus, o rumo era mais ou menos 125. Acho que estou sendo bastante claro, a não ser para os leitores mineiros, goianos e outros mato-grossenses e homens de terra adentro, que, aliás, é melhor que não me leiam, pois comecei esta narrativa em pleno mar e irei até o fim sem pisar terra firme; sinto que os que chegaram até aqui já começam a se sentir mareados.

Aguentem-se. Quando eu era rapazola alguém me deu a ler *O tufão*, de Conrad, em tradução brasileira. Achei formidável, embora não entendesse nenhuma daquelas manobras com enxárcias, bujarronas, mastaréus e paus de giba, joanetes e sobregatas, traquetes e gurupés. Eu não sabia o que queria dizer nada disso. Nem por isso senti menos os açoites do vento e o terror das vagas; não naufraguei porque eu já era um homenzinho – mas sofri muito. Nenhuma tempestade do cinema sonoro e colorido me impressionou tanto como aquela. Vejam--se a força da literatura e o impacto violento das palavras, sobretudo as desconhecidas, sobre o espírito humano. Mas *navigare est necesse*; voltemos ao nosso barco. Esclareço que estou falando da noite de 27 de fevereiro de 1983, domingo, ou melhor, da madrugada de 28, segunda-feira. O oceano é o Pacífico, a pouco mais de noventa graus de longitude oeste de Greenwich; isto quer dizer uns 900 km à esquerda do ponto mais esquerdo da América do Sul, para quem olha um mapa; quanto à latitude, é zero; estamos na altura da linha do Equador. Passamos esta linha do sul para o norte esta noite mesmo; e agora voltamos a cruzá-la em sentido contrário. É que demos a volta ao Cabo Wolf, ponta norte da ilha Isabela (ou Albemable), a maior de todas as Galápagos. Na cabina de comando, atrás do homem da roda do leme, eu via o céu e o mar, tudo azul e manso. Na minha frente, um pouco à esquerda, uma estrela grande, avermelhada, e um planeta brilhante. Ela era Antares, ele, Júpiter. Estão vendo como eu sei as coisas? (Na verdade quem os identificou para mim foi o imediato, um genovês. Eu conquistara sua simpatia mostrando-lhe que conhecia alguma coisa de seu dialeto, por exemplo: trabalho é *laburo*, moça bonita é *una bela figlia* e cinco é cinco mesmo, escrito e falado como em português, e não, como em italiano, *cinque*, que se pronuncia *tchinque*. Aliás o que me prejudica o estilo é esta cultura polimórfica, que me faz abrir parênteses a todo instante.) "Antares", disse ele amavelmente, "é a Alfa de Escorpião".

Coisa que eu já sabia, mas fiquei calado, pois é antipático mostrar que a gente sabe coisa demais. Referi-lhe uma crença, comum na Marinha brasileira e certamente em outras, que atribui a Antares influências maléficas. É uma estrela muito oferecida e fácil de trabalhar com ela, mas apesar disso, quando querem determinar, por exemplo, a posição do navio, muitos nautas preferem usar outras estrelas menores e mais difíceis. Eu sabia disso pelo comandante Renato Bayma Archer, que me assessora habitualmente em assuntos navais e outros. Lembro-me de que fiquei apreensivo ao conhecer essa fama de Antares, porque Erico Verissimo, a quem muito prezava, acabava de publicar o romance *Incidente em Antares*. Calei-me e não passei a informação a ninguém, muito menos ao Erico, homem de coração fraco; ele ainda viveu quatro anos.

Agora o imediato me aponta algumas estrelas um pouco à nossa direita, na frente: "aquelas você conhece". Era o Cruzeiro do Sul, já tombado, pertinho do horizonte, com as duas maiores estrelas do Centauro em cima dele. Aqui no Equador, o Cruzeiro, quando aparece, é num cantinho de céu estreito. É como se, aí no Rio, ele nascesse diante de minha varanda mais ou menos por cima da laje da Cagarra e já descesse na Filhote da Redonda. Comovi-me um pouco ao ver aquelas estrelas tão familiares, e até amigas, que tantas vezes miro depois do jantar, da minha rede. "Boa noite", murmurei vagamente, e quase acrescentei: "este mundo é muito pequeno".

Nem tanto. Lembrei-me de que se ali eram quatro horas da madrugada, no Rio já seriam sete da manhã, tudo inundado de sol de verão, a praça General Osório bufando de ônibus, já fazendo calor.

Eu disse que havia "na minha frente, um pouco à esquerda, uma estrela grande, avermelhada, e um planeta brilhante". E mais adiante acrescentei que o Cruzeiro do Sul estava "um pouco à nossa direita".

A linguagem certa seria localizar Antares e Júpiter na bochecha de bombordo e o Cruzeiro na bochecha de boreste. É assim que se diz. Mas eu escrevo para o leitor rude e terráqueo, que não pretendo confundir, mas ilustrar. Lendo-me, ele pode não entender muita coisa, mas sempre irá aprendendo alguma.

Isso de "bochecha" de navio é engraçado. Avisa-me porém, o antigo primeiro-tenente do Primeiro Grupo de Aviação de Caça na Itália, hoje brigadeiro Luiz Felipe Perdigão Medeiros da Fonseca, oriundo da Marinha, que, em suas origens, muitos termos navais eram alusivos ao corpo humano; mais precisamente, ao corpo da mulher. Coisa de marinheiro, ávido e saudoso de carinho feminino. Tanto que em inglês o barco não se designa pelo neutro *it*, mas pelo carinhoso *she*.

Em matéria de sexo há uma dúvida no Brasil que só o Estado-Maior das Forças Armadas – digam: Emfa – poderá resolver um dia: hélice na Marinha é masculino e na Aeronáutica é feminino. Quem tem razão? Para nós, paisanos, o melhor é dizer humildemente: o hélice do navio, a hélice do avião. (Não criar caso com os homens de farda; eles sempre têm razão, de um lado e de outro; e se você brincar, mandam-lhe em cima a Lei de Segurança Nacional.)

Isto me faz lembrar uma vez em que fui interrogado. Eu dei uma resposta muito boa ao coronel que me interrogava; o diabo é que agora não me lembro se respondi aquilo mesmo na hora ou se foi depois que atinei com a resposta, quando já era tarde. Sou desses sujeitos sem a chamada "presença de espírito". Meu espírito às vezes só se faz presente horas, dias depois da ocasião. O caso é que o homem se mostrava indignado e também um tanto intrigado com um artigo meu, publicado meses antes:

— O que é que você quer dizer com isto?

Expliquei-lhe que eu queria dizer aquilo mesmo que estava escrito. Eu vivo de escrever, sei escrever corretamente em português do Brasil, e tenho até "redação própria", como dizia de Otto Lara Resende, com admiração, um contínuo seu da TV Globo, vendo-o bater à máquina sem olhar papel nenhum.

Entendo esse contínuo: trata-se do chamado "mistério da criação". Vá você domingo à praça General Osório ver a tal feira *hippie*. Há ali quadros de muitos pintores, representando paisagens de céu, terra e mar, e figuras de toda espécie, de mulher nua até negro velho de cachimbo. As pessoas passam, olham rapidamente, vão andando. Mas vem um artista, arma um cavalete e começa a pintar ali mesmo um retrato ou qualquer outra coisa; e logo um monte de gente se forma atrás dele, fascinante. É o encanto da coisa *in fieri*.

É claro que não expliquei tudo isto ao oficial que me interrogava em um quartel de São Cristóvão. Apenas, se bem me lembro, disse que eu tinha muita prática de escrever e, por isso, sabia dizer por escrito o que eu queria dizer. Assim, respondi à sua pergunta: o que eu queria dizer ao escrever aquilo era exatamente o que ali estava escrito. Ocorreu-me então uma resposta melhor. Foi na hora, ou depois que isto ocorreu? Não me lembro, sinceramente, e às vezes tenho a impressão de que a resposta me ocorreu na hora, mas eu achei que não ficava bem.

Pois ficava. Ele queria saber o que eu queria (ou quisera) dizer num artigo que escrevera, e eu me lembrei do aviso que existe no talão do jogo de bicho. Antigamente havia um carimbo em cada talão avisando: "Só vale o que está escrito". Com o tempo isto foi reduzido a uma fórmula mais concisa: "Vale o escrito". Com isto o bicheiro se livra de reclamações tipo "mas eu mandei você botar invertido na cabeça". Tenha mandado isso ou não tenha, se não está escrito não vale.

"Vale o escrito." Regra de ouro para infirmar alegações ingênuas ou capciosas de leitores de entrelinhas. "Vale o escrito." É perfeito.

Também muito bonita foi uma resposta que eu (não) dei ao Paulo Bittencourt, que era diretor do *Correio da Manhã*, onde eu trabalhei, mas, no tempo dessa conversa, ainda não trabalhava. Eu ajustava com ele o preço de umas reportagens que ia fazer no exterior para vários jornais, e a certa altura, a propósito não me lembro de que, ele disse que então preferia usar a prata da casa! Mais adiante, na conversa, ele falou outra vez na prata da casa. Só muitos dias depois me ocorreu que eu lhe devia ter dito na hora: "Então está tudo muito bem, Paulo, eu desisto, mesmo porque eu não sou prata da casa de ninguém".

Bela resposta, e soberba! Paulo, que tinha muito de um gentil-homem, era capaz até de gostar. "Eu não sou prata da casa de ninguém!" Ou então assim: "Pois fique o senhor sabendo que eu não sou prata da casa de ninguém!" Famosa resposta! E pensar que não a dei...

Só agora percebo que comecei a falar das ilhas Galápagos, e me perdi. Vamos deixar isso para lá.

Maio, 1983

ONÚ – Converso com um jornalista português e, a certa altura, falando da ONU, ele diz onú. *Para nós, brasileiros, a ONU é* ônu. *Reclamo; ele observa que as palavras terminadas em* u *costumam ser oxítonas.*

E não é que o gajo tem razão?

Gaita de foles e "Maringá"

Uma vez fiz uma viagem do Havre ao Rio de Janeiro em um navio do Loide já bastante velho, que, não sei por que, vinha todo o tempo adernando para bombordo. Em Portugal, encheu-se de imigrantes e de ex-emigrantes: "patrícios" que tinham prosperado no Brasil e agora retornavam com toda a família de uma viagem de passeio à terrinha. Tudo muito boa gente, mas não muito divertida. Lembro-me da alegria com que saudamos, na noite do segundo dia, um rapaz de boina que apareceu tocando uma gaita de foles... Fez um sucesso tão grande que o comandante o convidou a vir para a primeira classe, dizendo, inclusive, que ele podia fazer as refeições ali.

Nunca me esquecerei daquele vasto refeitório do navio, cheio de pesadas famílias portuguesas a comerem com afinco e a palitarem os dentes com distinção, as mãos em concha a taparem a boca... O médico de bordo sempre com seu vago ar de exilado ou asilado. O comandante, horrando as pessoas com o convite para sua mesa, muito formal; eu sempre o imaginava com um ar nobre, entre os vagalhões, no naufrágio, a declarar que seria o último homem a deixar o navio. Isso devia ser bonito, mas não houve. O mar era implacavelmente liso, dia após dia, a tal ponto que, embora o navio assim tombado sobre o ombro esquerdo não merecesse muita confiança, a gente torcia para haver alguma turbulência no ar e no mar para fazer mal àquelas simpáticas e imensas famílias e prendê-las em suas cabines, destroçadas pelo enjoo. Nada. Bom tempo; sete, oito nós de velocidade... E o tocador de gaita de foles? Cada dia ele parecia mais alegre e tocava com mais afã. O primeiro sinal de que a plateia estava cansada foi o desaparecimento de sua gaita, uma noite. Ele ficou na maior aflição e andava de popa a proa vasculhando e indagando. Houve um passageiro com cara de pateta que sugeriu: "Vai ver, ela caiu n'água..." A resposta continha um palavrão, que deu motivo a protestos em nome das famílias presentes.

Só no dia seguinte, pela manhã, a gaita foi encontrada em um escaler, metida debaixo de uma lona. O homem e sua gaita sumiram, e só de muito longe a gente ouvia o seu som, vindo das profunduras da terceira classe. Respiramos com alívio.

Lembrei-me disso há pouco tempo, quando fui à Escócia em um grupo de brasileiros, e fomos recebidos em um restaurante por grandes e vermelhos homens de saia (*kilt*) a tocar suas gaitas de foles (*bagpipes*). Ficamos encantados, mas depois de algum tempo de ouvir gaita e beber, alguns do grupo encetaram uma reação com sambas e marchinhas, e pastorinhas e teu cabelo não nega, mulher rendeira, prenda minha, luar do sertão... Foi pior. Brasileiro que aqui dentro não canta jamais, dana-se a batucar cantando aurora e amélia mulher de verdade, essas coisas.

Razão tinha o Vinicius de Moraes. Ele dizia que não há bar no mundo melhor do que bar de navio; bebida boa, barata, o mar, o embalo do mar... Mas navio sem brasileiro:

por algum misterioso motivo, a partir do segundo dia de viagem, quando o barco deixa as águas territoriais, os brasileiros começam a cantar maringá, maringá, né? – dizia ele, contristado.

Março, 1982

É UM GRANDE COMPANHEIRO

Fui outro dia a um almoço de jornalistas. Há muito tempo não via tantos jornalistas juntos. Revi colegas que não encontrava há longos anos, antigos companheiros dos mais diversos batentes de jornal – e confesso que isto me comoveu, me sentir no meio desta nossa fauna tão desunida, como um marinheiro encanecido que reencontra colegas de antigas equipagens, evoca o nome de barcos já perdidos no fundo do mar e dos tempos.

Foi ao lado de um desses velhos amigos que me sentei, e a conversa em torno ia alegre e trivial quando alguém pronunciou o nome de um colega que se acabou há pouco tempo, obscuramente, de uma doença longa e ruim. Meu amigo fez-se grave, ficou um instante calado, e depois disse, como se acabasse de fazer uma descoberta, que esta nossa vida é uma coisa precária, que não vale nada. E durante algum tempo nos deixamos pensar nessa coisa terrivelmente simples, a morte; tivemos o sentimento e a consciência de que nós dois e nós todos que ali estávamos, na bela manhã de sol, éramos apenas condenados à morte; cada um se acabará por sua vez, de repente, num estouro, ou devagar, aniquilado pela humilhação da doença.

Não há pessoa tão distraída que não tenha vivido esses instantes de consciência da morte, esses momentos em que a gente sente que ela não é apenas uma certeza futura, é alguma coisa já presente em nós, que faz parte de nosso próprio ser. Há uma força dentro de nós que instintivamente repele essa ideia, a experiência de cada um diz que a morte é uma coisa que acontece... aos outros. Mesmo quem – é o meu caso – já teve alguns instantes na vida em que se viu em face da morte, e a julgou inevitável, e já teve outros instantes em que a desejou como um descanso e uma libertação – não incorpora esta experiência ao sentimento de vida. Deixa-a de lado, esquece-a, todo voltado para a vida, fascinado pelo seu jogo, pelo seu prazer, até pela sua tristeza.

Tudo o que, em um momento realmente grave, nos pareceu sem qualquer importância, todas essas joias falsas com que enfeitamos nós mesmos a nossa vida, tudo volta a brilhar com um fascínio tirânico. Inútil "realizar" a morte, para usar este útil barbarismo dos maus tradutores de inglês. A realidade vulgar da vida logo nos empolga, a morte fica sendo alguma coisa vaga, distante, alguma coisa em que, no fundo de nosso coração, não acreditamos.

Dessa pequena conversa triste, em que dissemos as coisas mais desesperadoramente banais, saímos, os dois, com uma espécie de amor raivoso à vida, ciúme e pressa da vida.

Volto para casa. Estou cansado e tenho motivo já não digo para estar triste, mas, vamos dizer, aborrecido. Mas me distraio olhando o passarinho que trouxe da roça. Não é bonito e canta pouco, esse bicudo que ainda não fez a segunda muda. Mas o que é fascinante nele, o que me prende a ele, é sua vida, sua vitalidade inquieta, ágil, infatigável, seu apetite, seu susto, a reação instantânea com que abre o bico, zangado, quando o ameaço com a mão. Ele agora está tomando banho e se sacode todo, salta, muda de poleiro, agita as penas – e me vigia de lado, com um olhinho escuro e vivo.

Mudo-lhe a água do bebedouro, jogo-lhe pedrinhas de calcita que ele gosta de trincar. E me sinto bem com essa presença viva que não me compreende, mas que sente em mim um outro bicho, amigo ou inimigo, uma outra vida. Ele não sabe da morte, não a espera nem a teme – e a desmente em cada vibração de seu pequeno ser ávido e inquieto. Meu bicudo é um grande companheiro e irmão, e, na verdade, muito me ajuda.

Março, 1965

O DOUTOR PROGRESSO ACENDEU O CIGARRO NA LUA

"Eu sou apenas o pai do Chico" – dizia Sérgio Buarque de Holanda quando alguém pretendia entrevistá-lo. Modéstia do orador e ao mesmo tempo orgulho (justíssimo) de pai. Esse homem que morreu há dois anos ocupava um lugar todo especial em nossa cultura pela penetração e equilíbrio de seus ensaios de História e Psicologia Social. Mostrou-se grande logo em seu primeiro livro, *Raízes do Brasil*, tão famoso que faz esquecer os outros. Afonso Arinos protestava outro dia contra o relativo esquecimento em que caiu o livro *Do Império à República*; eu por mim tive um grande prazer há pouco tempo em ler *Caminhos e fronteiras*, que fui encontrar, com uma dedicatória carinhosa, mas todo fechado ainda, no caos de minha estante. Um livro de grande erudito, mas livro saboroso em que aprendemos muita coisa séria através de trivialidades antigas – o monjolo, a rede, a tanajura, a canoa, o moquém, a cutia, o mel de pau...

Mas para nós, de Cachoeiro de Itapemirim, Sérgio Buarque de Holanda era também o doutor Progresso.

Foi o caso que, em 1925, o jornalista e caricaturista Vieira da Cunha fundou em Cachoeiro um jornal diário chamado *Progresso*. Vejo, em uma publicação antiga, o clichê muito reduzido da primeira página do número 11, de 1º de maio de 1925. Aí um correspondente do Rio manda opiniões de vários escritores sobre o jornal. São elogios de Graça Aranha, Prudente de Moraes Neto, Américo Facó, José Geraldo Vieira, Elói Pontes, Olegário Mariano e, entre outros, Sérgio Buarque de Holanda. Pouco depois, Vieira da Cunha convenceu Sérgio a ir para Cachoeiro dirigir o jornal. Ele partiu. Manuel Bandeira saudou essa "aventura" dizendo que ele era o coronel Fawcet de Cachoeiro de Itapemirim, lembrando um explorador inglês que se perdeu na Amazônia... Não sei quanto tempo Sérgio ficou lá em Cachoeiro. Lembro-me que logo pegou o apelido de doutor Progresso, e que usava óculos. Pouco antes, segundo atestam Afonso Arinos e Manuel Bandeira, ele usava monóculo. Escreve Bandeira em uma crônica recolhida no livro *Flauta de papel*:

Nunca me esqueci de sua figura certo dia em pleno largo da Carioca, com um livro debaixo do braço e no olho direito o monóculo que o obrigava a um ar de seriedade. Naquele tempo não fazia senão ler. Estava sempre com o nariz metido num livro ou numa revista – nos bondes, nos cafés, nas livrarias. Tanta eterna leitura me fazia recear que Sérgio soçobrasse num cerebralismo...

E mais adiante:

Lia todas as novidades da literatura francesa, inglesa, alemã, italiana e espanhola. Sérgio não soçobrou: curou-se do cerebralismo caindo na farra. Dispersou a biblioteca, como se já a trouxesse de cor (e trazia mesmo, que memória a dele!) e acabou emigrando para Cachoeiro de Itapemirim.

Escreve, a seguir, Bandeira, que quem poderia contar as andanças de Sérgio em Cachoeiro era... *o Rubem Braga, que naquele tempo era ainda menino, e suspeito que fez parte das badernas que acompanhavam de assuada os passos malseguros do doutor Progresso.*

Por um triz que Sérgio se perde, e foi quando pretendeu ser professor no Ginásio de Vitória. O Estado do Espírito Santo até hoje não sabe a oportunidade que botou fora quando o seu governador de então voltou atrás do ato que nomeava professor de História Universal e História do Brasil o futuro autor de Raízes *do Brasil. Benditos porres de Cachoeiro de Itapemirim!* Eles nos valeram a devolução, em perfeito estado, de Sérgio, enfim descerebralizado, pronto para a aventura na Alemanha, de volta da qual já era a figura sem-par a que me referi no começo destas linhas.

Sérgio já não lia mais nos cafés, desinteressara-se bastante da poesia e da ficção, apaixonara-se pelos estudos de história e sociologia, escrevia Raízes *do Brasil e* Monções *– escreveu Bandeira.*

Sim, eu me lembro do doutor Progresso; seus porres afinal não eram tão grandes, e ele nunca ofendia ninguém. Costumava tomar umas e outras com o saudoso coronel Ricardo Gonçalves e outros bons homens da terra, que formavam o Clube do Alcatrão, assim chamado porque um deles era o representante local do Conhaque de Alcatrão de São João da Barra, que todos bebiam de brincadeira. Sérgio foi promotor adjunto. Logo que saiu de Cachoeiro ele embarcou para a Alemanha, de onde mandava artigos e reportagens para *O Jornal*. O pessoal de Cachoeiro via aquele nome no jornal: será o doutor Progresso? Que o quê!, dizia alguém. Então o Chateaubriand ia mandar um bêbado daquele para a Europa? Mas o Motinha do nosso *Correio do Sul* dizia que sim; ficassem sabendo que Sérgio era um homem muito culto, muito preparado, tanto assim que trocava língua com os alemães da fábrica de cimento. "Vocês acham que ele não vale nada é porque ele não ia mostrar o que sabia, a verdade é esta, não tinha com quem conversar, nós aqui somos todos umas bestas!", argumentava o bom Motinha.

Lembro-me sobretudo de uma noite de verão de lua cheia, na saída de um baile – não em Cachoeiro, mas na Vila de Itapemirim. Ele dizia que ia acender o cigarro na Lua. E partiu, cambaleando entre as palmeiras. Vai ver que acendeu.

Janeiro, 1982

PRESENTE E PASSADO – *A avó de minha amiga está com noventa anos feitos. Vive muito modestamente, mas tem o costume de lembrar às visitas:*

— Pois é. Eu fui casada com um ministro...

Um negro velho, cria de família, de tanto ouvir aquilo, acabou dizendo, com o desembaraço dos velhos servidores:

— A senhora não deve ficar repetindo essa coisa. Quando a gente bate numa porta a pessoa lá dentro sempre pergunta: "Quem é?" Ninguém pergunta: "Quem foi?"

EM PORTUGAL SE DIZ ASSIM

São notas de minha última viagem a Portugal. "Devido ao rebentamento dum pneu de uma das rodas da retaguarda, despistou-se um autocarro..." – é assim que se conta, em Portugal, a história de um ônibus que derrapou. Ele pode ter colhido um peão (pedestre) na berma (acostamento) da estrada, ou "um miúdo (menino) que estava a jogar à bola". O corpo "encontra-se de velação (velório) hoje a partir das dezesseis horas".

Pagar a renda do andar é pagar o aluguel do apartamento. O avião não decola, descola, e não aterrissa, aterra; e o sujeito que vem consertar a pia não é o bombeiro, é canalizador. Diga betão armado no lugar de cimento idem, e prefira dizer caixilharias a alumínio, no lugar de esquadrias de alumínio. Sua geladeira deve ser promovida a frigorífico e seu banheiro a casa de banho. O aquecedor é esquentador, e o exaustor é "de fumos"; manicure é manucura; e não chame um empalhador, e sim um palheireiro de cadeiras. Caminhão é camião, e quando ele bate não bate, embate; seu motorista é camionista. A casa (mobilada e não mobiliada) vende-se com "o recheio". Oferecem-se marçanos e turnantes, e mulheres a dias. Lanterneiro é mais logicamente bate-chapas e cardápio é ementa; esquadra é a delegacia de polícia. Quando lemos que "a equipa deixou o relvado depois de fazer o golo da igualdade", isso dá para entender. Caixa postal é apartado, aparelho de rádio é telefonia, parada é paragem e pedágio é portagem; carona é boleia, autoclismo é caixa de descarga da latrina, que não é latrina, é retrete. Panamenho é panamaiano, Oran é Orão, Moscou é Moscovo, loteria é lotaria, bolsista é bolseiro, romaria é romagem, Leningrado é Leninegrado, suéter é camisola, e meia de homem é peúga, jazida de minério é jazigo, trecho de estrada é troço, mamão é papaia, troco é demasia, presunto cozido é fiambre, sorvete é gelado, travão é freio, marcha a trás é marcha à ré, *band-aid* é penso, e durex é fita-cola, bonde é elétrico, berlinde é bola de gude (mas é masculino: jogar ao berlinde), cabedal é couro. A madeira é cortada na serração e não na serraria, a estrada não é asfaltada, é alcatroada, a sopa não esfria, arrefece; tomada de eletricidade é ficha, nota oficiosa quer dizer nota oficial, estoque de mercadorias é existência, e liquidar é vender ao desbarato; a guimba ou bagana de cigarro no Brasil é beata em Portugal, e a equipa não deixa a concentração para fazer uma excursão, deixa o estágio para uma digressão; papel-carbono é químico, não se diz que um sujeito é monarquista, diz-se que o gajo é monárquico.

Quando dizemos que "tinha muita gente lá", eles dizem que "tinha lá imensa gente", quando falamos de "uma porção de coisas", eles falam de "uma data de coisas". Não se anuncia uma casa "em primeira locação", mas simplesmente "a estrear". As resoluções da Câmara são deliberações "camarárias"; e quando escrevemos, nos jornais do Brasil, "na localidade de Perdizes", eles escrevem "no lugar de Perdizes", o que é mais simples e melhor.

Uma palavra portuguesa de que Guimarães Rosa gostava muito e que sumiu no Brasil é "azinhaga", que o dicionário dá como "caminho estreito no campo, entre muros ou sebes"; sempre me lembro dessa palavra quando viajo em certos trechos da Estrada União e Indústria, depois de Petrópolis; Rosa também gostava de "azenha", que é moinho movido a água. Aqui dizemos que um cadáver, um corpo, "foi recolhido ao Instituto Médico-Legal". Lá se diz que "o corpo recolheu ao Médico-Legal", o que é igualmente triste, porém mais elegante. Quanto aos feridos, eles no hospital são "devidamente pensados" antes de seguirem para suas casas. A pessoa não fica sob as rodas de um carro, fica "sob o rodado". O final de um jogo de futebol não é "zero a zero", é "zero-zero". A nossa ducha é o duche deles, e o nosso toca-discos lá é gira-discos. Não se diz "nu em pelo", diz-se "nu em pelote"; e não se dá uma surra ou uma sova, mas uma tareia.

Pois, pois.

Em uma crônica recente dei exemplos de diferenças usuais da linguagem em Lisboa e no Rio. Enviei essa crônica para o amigo Irineu Garcia que está morando em Lisboa. Ele manda, a meu pedido, uma listinha suplementar de palavras que estranhou lá. A que lhe parece mais curiosa é "ardina" no sentido de vendedor de jornais, "jornaleiro". Outra que também lhe pareceu estranha é "patilha", no lugar de "costeleta" de cabelo, que é um brasileirismo; se você disser ao barbeiro para diminuir sua costeleta, ele não entenderá. O curioso é que "patilha" parece ser gíria, pois no Morais a palavra não aparece no sentido capilar, no sentido de "suíças".

Português antigo, que lá continua em uso, é "paródia", no sentido de farra ou pagodeira, quando no Brasil é apenas imitação burlesca de alguma coisa. Há diferenças conhecidas de todos, como "comboio" que é o nosso "trem", "carruagem" que é o nosso "vagão", e "caminho de ferro", que é a nossa "estrada de ferro"; mas a nossa "baldeação" lá é "transbordo", coisa menos sabida.

Se você entrar em um teatro com seu "chapéu de chuva" (forma muito mais usada que o "guarda-chuva") é obrigado a deixá-lo no "bengaleiro", que é o nosso "chapeleiro". Isto ao Irineu parece elegante, e ele fica a imaginar se o seu querido Fernando Pessoa usava bengala; acha que sim.

Acredita meu missivista que é uma falta de respeito chamar "gerânios" de "sardinheiras"; e completamente misteriosa a palavra "diospiro", que designa a fruta que nós conhecemos por "caqui". Irineu comenta que o regionalismo em Portugal é um fato: no Porto, se você quiser comprar "meias" (de homem) é melhor pedir "coturnos" e não "peúgas", como em Lisboa. Se precisar de um "cadeado", peça um "aluguete", e no lugar de "nêsperas" peça "hagnólios". No Algarve é comum chamar o "amendoim" de "alcagoita" (esta palavra o Morais registra) e também se diz "alcagota", tanto no sentido de "amendoim" como de "homem de pouco valor". Não confundir com "alcaguete" que tanto o Morais como o "Pequeno" do Aurélio dão como "alcoviteiro", "mexeriqueiro", quando o sentido mais comum hoje, pelo menos no Brasil, é o de informante da polícia.

"Ventoinha" é o nosso "ventilador", e "papeleira" é aquela "escrivaninha" de tampa inclinada e gavetas para guardar papéis. "Utente" é o mesmo que o nosso "usuário", "herdade" é "fazenda", e "carrinha" é "caminhonete". A gente não pede comumente o "endereço" de uma pessoa e sim a sua "morada", isto é, "endereço" de sua "residência"; esta última palavra é mais usada no sentido coletivo.

"Candeeiro" no Brasil a gente entende que é de querosene, óleo ou gás: lá é também o elétrico, a nossa armação de abajur. O "caseiro" é mais conhecido como "quinteiro", e "sertã" é o nome mais comum de nossa "frigideira"; "alguidar" é usado comumente no sentido de bacia de lavar roupa...

A nossa "turma" ou, em ipanemês, "patota", lá é "malta" e às vezes se mete em algum "sarilho", que é a palavra mais usada para "briga", confusão.

Irineu me manda ainda "refilar" no sentido de "estrilar", "reagir", e "fato macaco" no lugar de nosso feio "macacão". No Brasil é muito raro o uso de "fato" como "roupa" e corrente no sentido de coisa feita, acontecimento – que lá é "facto", com "C", que se escreve e pronuncia.

O vendedor de bilhetes de loteria, nosso "bilheteiro", em Lisboa é "cauteleiro", e não é raro ouvir "apitadela" no lugar de "telefonema". Um tipo "gira" não é adoidado como no Brasil, é um bom tipo, é bonito. O amigo "legal", "cem por cento" lá é "fixe". No lugar de "vagem" usa-se mais "feijão-verde", e, no lugar de "açougue", "talho".

Em um restaurante de certa classe, depois de ler a "ementa" e encomendar a comida, você chama o "escanção" para escolher o vinho. A palavra é antiga, e designava o oficial da casa real que deitava o vinho na copa e o apresentava ao rei. Aqui no Bife de Ouro ninguém chama o "escanção", e sim o *sommelier,* palavra francesa que parece induzir a gente a ter acanhamento de pedir um modesto Granja União gaúcho e mandar descer um Chateau ruinoso.

Mas a verdade é que eu já conhecia a palavra "escanção" porque ela figura em um poema de Vinicius de Moraes no sentido de garçom de bar; está na "Balada de Pedro Nava", poema de amigo, que tem até música, e começa assim:

> *Meu amigo Pedro Nava*
> *Em que navio embarcou:*
> *A bordo do Westphalia*
> *Ou a bordo do Lidador?*

Os navios citados são, naturalmente, bares, e o mais frequentado por essa turma era o Recreio, na praça José de Alencar. Ali se juntavam Vinicius, Carlos Leão, o engenheiro Juca Chaves, Pedro Nava, o médico Chico Pires, o jornalista José Auto, e outros; só mais tarde vim a conhecer essa malta.

Na segunda quadra o poeta perguntava:

> *Em que antárticas espumas*
> *Navega o navegador*
> *Em que brahmas, em que brumas*
> *Pedro Nava se afogou?*

Mas longe é que veio a quadra com a palavra:

Se o tivesse aqui comigo
Tudo se solucionava
Diria ao garçom: "Escanção!
Uma pedra a Pedro Nava!"

Aposto que a palavra "escanção" quem a meteu na roda foi o próprio Nava, amante de boas palavras antigas.

Julho, 1982

Com a Marinha de Guerra em Ouro Preto

No seu livro de memórias, *Alma do tempo*, que José Olympio publicou, Afonso Arinos de Melo Franco lembra que em 1933 ele era diretor dos Diários Associados de Minas, e relembra alguns dos que trabalhavam lá naquele tempo. Conta que uma vez, querendo fazer uma perfídia com o pessoal do jornal governista *A Tribuna*, aproveitou-se de uma viagem minha a Ouro Preto para escrever e assinar por mim a crônica diária que eu fazia. Mandei-lhe então um telegrama pedindo "que não abusasse do meu santo nome em vão".

O que Afonso Arinos não conta e, com certeza, nem lembra é o drama dessa minha viagem a Ouro Preto. Newton Prates ou Otávio Xavier – não me recordo mais – mandou-me lá fazer uma reportagem sobre a visita do ministro da Marinha, o almirante Protógenes Guimarães. O ministro viajou com todo o seu gabinete, o Estado-Maior da Armada, muitos outros oficiais e toda a banda de música dos Fuzileiros Navais, além de vários jornalistas do Rio.

Havia um paisano encarregado de lidar com o pessoal da imprensa; era o Augusto de Lima Júnior, o Liminha, filho do bom poeta de "Plenilúnio de Maio em Montanhas de Minas", irmão do excelente delegado de polícia e pintor Renato Lima.

Desafeto dos Melo Franco, o Liminha resolveu sabotar o repórter do único jornal mineiro presente a Ouro Preto. Negava-me desdenhosamente todas as informações, programas, cópias de discursos etc., que fornecia aos meus colegas de imprensa carioca. Negou-me um lugar à mesa no grande banquete, quando todos os outros jornalistas eram convidados. E quando tentei me aproximar do ministro para uma entrevista, o Liminha interpôs-se rudemente, dizendo que o almirante não tinha declarações a fazer, e me convidando a sair do recinto.

Eu tinha apenas (que saudade!) vinte anos, mas já fora até correspondente de guerra (no ano anterior, durante a Revolução Constitucionalista, na Mantiqueira) e, embora muito tímido, não me deixaria passar para trás tão facilmente. Arranjei condução própria para acompanhar a caravana; metia-me em toda parte sem ser convidado; convenci um funcionário dos telégrafos a me mostrar os textos de todos os despachos mandados pelos outros repórteres, entrei como "penetra" no baile e assisti de pé ao banquete. Em resumo – fiz meu serviço. E em certo momento consegui fazer uma pergunta ao ministro: que achava ele da ideia, então aventada romanticamente, de se instalar a Constituinte Nacional em Ouro Preto? O simpático almirante era contra (e isto eu sabia) a instalação de qualquer Constituinte, e respondeu de brincadeira: "Acho que a Constituinte devia ser instalada no Quartel dos Fuzileiros Navais do Rio..."

Precipitou-se o Liminha a interromper minha entrevista, e dois oficiais me explicaram que aquilo era uma *boutade* do ministro, que eu não deveria publicar.

Publiquei, está visto – e o resultado foi que a recepção à comitiva em Belo Horizonte foi a mais fria possível, em ambiente de verdadeiro mal-estar. Além disto, irritado como estava, contei vários detalhes pitorescos, como o fato de um jovem oficial ter assumido a regência da orquestra durante o baile, e a senhora Maria Eugênia Celso, convidada de honra pelos seus méritos de escritora e por ser neta do último ministro da Marinha do Império, o Visconde de Ouro Preto, ter recitado seu poema caipira "Meu home" depois do brinde oficial ao presidente da República, no banquete. Fiz, em resumo, uma crônica irreverente e mesmo leviana, mas totalmente verdadeira. Tenho a ideia de que falei mal até dos santos barrocos, e disse que o almirante Graça Aranha tinha cara de irmão de romancista, uma bobagem assim.

Essa reportagem, verídica mas inconveniente, foi lida durante a viagem de trem de Ouro Preto para Belo Horizonte, e, pela manhã, eu, que também ia a bordo, fui identificado como seu autor. Fui cercado por um grupo de oficiais indignados. O ministro não dormira, de tão aborrecido. Dona Maria Eugênia Celso estava com dor de cabeça. Eu desrespeitara a Marinha de Guerra Brasileira!

Sentado junto à janela do trem, fraco e indefeso, percebi que havia ali duas correntes. As opiniões estavam divididas, como naquela anedota do toureiro. A metade dos oficiais achava que eu devia ser jogado pela janela do trem, a outra metade pensava que eu devia ser massacrado ali mesmo.

Fiquei como um coelho, mas me neguei a assinar qualquer documento que importasse em retratação; insisti em que tudo que escrevera era rigorosamente a verdade. Um dos oficiais (lembro-me que era um aviador naval) sugeriu, certamente penalizado, que eu confessasse que estava bêbado ao escrever a tal crônica; que eu fosse dizer isso pedindo desculpas ao ministro Protógenes Guimarães. Neguei-me. Os mais exaltados quiseram então me agredir, mas foram contidos pelos outros. Minha juventude e minha fraqueza tornariam uma covardia qualquer agressão, e eles sentiram isto; minha firmeza de atitude, ao mesmo tempo que irritava uns, impressionava favoravelmente outros. Além disto, que efeito teria em Belo Horizonte a notícia de que o repórter do melhor jornal local fora surrado pelos oficiais da Marinha?

A discussão durou muito tempo e nunca mais fiz uma viagem tão longa em minha vida. Meu pânico inicial transformou-se em frieza e indiferença, como se tudo aquilo não estivesse acontecendo comigo. Houve sugestões gentis – me fazer engolir o jornal, por exemplo. "Façam o que quiserem; escrevi, está escrito" – era tudo o que eu dizia. Alguns oficiais se afastavam, apareciam outros; ouvi apreciações sobre minha pessoa muito pouco amáveis, mas resisti. Justiça seja feita aos indignados oficiais: nenhum me tocou sequer.

Em Sabará subiram ao trem o senhor Gustavo Capanema, então secretário do Interior de Minas, e outros homens do governo estadual, que eu conhecia. Tratei de ficar junto deles, pois assim eu me sentia garantido. Meu suplício acabara. Na estação em Belo Horizonte três oficiais mais exaltados ainda tentaram me abordar, mas me coloquei ao lado de um oficial da Força Pública mineira que conhecera no ano anterior, na Revolução de 32, o coronel Vargas – e eles desistiram, receando um escândalo.

O jornal deu uma nota se escusando pela minha desastrada reportagem; mas o efeito político da visita do ministro estava perdido. Sua *boutade* irritara profundamente os círculos políticos favoráveis à constitucionalização, que o almirante, como velho "tenentista", não via com bons olhos. Tudo, afinal, culpa do Liminha...

Julho, 1983

UMA TESE – *A empregada se lamentava das filas para comprar carne, do preço da carne. Para lhe dizer alguma coisa, eu disse que é isso mesmo, está havendo uma crise de carne, o governo está discutindo com os criadores, e há também os frigoríficos, e os marchantes, e os açougueiros, é uma questão de política econômica...*

— Que nada, meu senhor. Não há falta de carne não, isso aí anda tudo cheio de carne, e o interior está cheio de boi, de vaca, de bezerro, de tudo. No Brasil tem muita fartura. O que estraga o Brasil é a esganação!

O que é uma tese.

A GRANDE MULHER INTERNACIONAL

A grande mulher internacional eu a vi uma vez – minto! – eu a vislumbrei uma vez no antigo aeroporto do Galeão, numa hora tipo 4:45 da manhã, e apenas por um instante. Eu chegava num inverossímil avião de Bogotá; ela ia... meu Deus, ela transitava de... de uma certa maneira intransitiva, como se apenas acontecesse ali, de passaporte na mão e carregando uma pele no braço quase a tocar o solo. Sim, foi apenas um instante, mas me feriu os olhos de beleza para sempre.

A segunda vez, anos depois, foi em Munique – eu digo Munique e vocês estranhariam se eu confessasse que também poderia ser Zurique e até mesmo Frankfurt; na verdade eu não sei. Como? – perguntará um filisteu – o senhor não sabe em que aeroporto se achava? Calma, houve o seguinte. Eu estava em Paris e fui a Orly tomar um avião da Panair para o Rio. Alguém me explicou que tinha havido uma alteração: nosso avião iria primeiro a Munique (ou Frankfurt? ou Zurique?) e lá deixaria de ser da Panair para ficar sendo da Varig; não houve isso, não houve um dia em que houve isso? Lembro-me de que na volta conversei com um comandante – da Varig? da Panair? – que era irmão ou tio da escritora Gilda de Mello e Souza, que é mulher do crítico Antonio Candido, me lembro do tempo em que eles se namoravam na Confeitaria Vienense, na rua Barão de Itapetininga, em São Paulo, faziam parte de uma roda que tinha o Paulo Emílio, pessoal de uma revista chamada *Clima,* eles bebiam leite maltado, noutra mesa eu com o João Leite ou o Arnaldo Pedroso d'Horta tomávamos cerveja Original, de Ponta Grossa, Paraná, que a Antártica miserável comprou e destruiu; aliás a Gilda é também (?) sobrinha de Mário de Andrade – será que o comandante era parente de Mário? Deixo as indagações à pesquisa dos universitários paulistas.

Na verdade não seria difícil estabelecer dia e lugar certos da aventura; creio que no avião ia também o depois presidente da Varig, senhor Eric de Carvalho, ele antes não foi da Panair?, ou faço confusão? O que interessa é que num aeroporto de língua predominantemente alemã fiquei algum tempo a pasmar pela madrugada. De súbito começaram a chegar e partir aviões. Num deles – de Atenas, conexão para Estocolmo? de Oslo para Turim? – de súbito surgiu aquela mulher. Linda! Tão linda assim, só mesmo sendo mulher de aeroporto internacional. Por quê? A sua qualidade de transiente (ela jamais está embarcando ou chegando, é sempre passageira em trânsito) lhe dá um leve ar de fadiga e também de excitação. E as pernas longas e os sapatos desnecessariamente tão altos parecem ter prazer em pisar, deter-se, avançar, voltar-se; a mão, cujo dorso é de uma cor de marfim levemente dourado, segura uma ficha, e uns óculos, mas se ergue para pegar a mecha de cabelos que tombou, então levanta um pouco a cabeça e podemos ver os olhos, inevitavelmente azuis, e diz *no,* ou *non* ou *nein,* e quando um homem uniformizado lhe murmura algo ela faz com a cabeça que sim, e sorri – e que iluminação, que matinalidade inesperada no sorriso dessa mulher entretanto madura! Madura, não. Digamos: de vez.

(Aurélio Buarque de Holanda, mestre e amigo: eu não gosto de inventar modas nem palavras em português, mas lá atrás tive de escrever "qualidade de transiente" porque não temos a palavra "transiência", que não custava a gente roubar do inglês; e agora escrevo "de vez", quando na verdade isso já é um adjetivo que devia ser uma palavra só, querendo dizer "quase madura"; peço-lhe uma providência, professor, para facilitar a vida da gente, que vive de escrever nesta língua.)

Não, nunca haverá mulher tão linda no mundo como essa grande mulher de aeroporto internacional quando mal amanhece, há um langor, e ao mesmo tempo um imponderável nervosismo e uma leve confusão dos fusos horários – e ela surge de uma porta de vidro dessas que se abrem sozinhas quando a gente avança, e ela avança com uma grande sacola de couro e lona e se detém...

Ou não se detém.

Março, 1979

CASCAS DE BARBATIMÃO – Eu ia para Araxá, isto foi em 1936, ia fazer uma reportagem para um jornal de Belo Horizonte. O trem parou numa estação, ficou parado muito tempo, ninguém sabia por quê. Saltei para andar um pouco lá fora. Fazia um mormaço chato. Vi uma porção de cascas de árvores. Perguntei o que era aquilo, e me responderam que eram cascas de barbatimão que estavam ali para secar. Voltei para meu assento no trem e ainda esperei parado algum tempo. A certa altura peguei um lápis e escrevi no meu caderno: "Cascas de barbatimão secando ao sol".

Perguntei a algumas pessoas para que serviam aquelas cascas. Umas não sabiam; outras disseram que era para curtir couro, e ainda outras explicaram que elas davam uma tinta avermelhada muito boa.

Como repórter, sempre tomei notas rápidas, mas nunca formulei uma frase assim para abrir a matéria – "cascas de barbatimão secando ao sol". Não me lembro nunca de ter aproveitado esta frase. Ela não tem nada de especial, não é de Euclides da Cunha, meu Deus, nem de Machado de Assis, podia ser mais facilmente do primeiro Afonso Arinos, aquele do buriti. Ela me surgiu ali, naquela estaçãozinha da Oeste de Minas, não sei se era Divinópolis ou Formiga.

Um dia, quando eu for chamado a dar testemunho sobre a minha jornada na face da terra, que poderei afirmar sobre os homens e as coisas do meu tempo? Talvez me ocorra apenas isto, no meio de tantas fatigadas lembranças: "cascas de barbatimão secando ao sol".

CONHEÇA OUTROS TÍTULOS DE
RUBEM BRAGA PELA GLOBAL EDITORA

50 crônicas escolhidas (seleção do autor)*
100 crônicas escolhidas (seleção do autor)*
200 crônicas escolhidas (seleção do autor)*
1939 – um episódio em Porto Alegre*
Ai de ti, Copacabana!*
As boas coisas da vida*
A borboleta amarela*
Caderno de Guerra (desenhos de Carlos Scliar
   e texto de Rubem Braga)*
Carta a El Rey Dom Manuel *
Casa dos Braga – memória de infância*
Coisas simples do cotidiano
O conde e o passarinho*
Crônicas da Guerra na Itália*
Crônicas do Espírito Santo
Dois pinheiros e o mar e outras crônicas sobre meio ambiente
Dois repórteres no Paraná (com Arnaldo P. d'Horta)*
Histórias de Zig
O homem rouco*
Livro de versos*
Melhores crônicas Rubem Braga
O menino e o tuim*
Morro do isolamento*
Um pé de milho*
A poesia é necessária
O poeta e outras crônicas de literatura e vida
Rubem Braga – crônicas para jovens
A traição das elegantes*
Três primitivos*
Uma viagem capixaba de Carybé e Rubem Braga*

* no prelo.